# 桜狼

鹿取警部補

浜田文人

ハルキ文庫



角川春樹事務所

本書は書き下ろし作品です。
登場人物、団体名等、全て架空のものです。

# 桜狼《おうろう》

## 鹿取警部補

【主な登場人物】

鹿取　信介（56）警視庁刑事部捜査一課強行犯三係　警部補
山賀　勇（54）同　警部
廣川　孝夫（53）同　警部補
松本　祐二（47）合同会社M&M　専務
稲葉　正義（50）稲葉商事　社長
根本　洋一郎（45）NPO法人JL　理事
城島　吉彦（55）北沢署刑事課捜査一係　巡査部長
吉田　裕美（29）同　巡査

ドレス姿の女らに見送られ、路上に立った。

足元を寒風が駆け抜ける。

鹿取信介《かとりのぶすけ》はステンカラーコートの襟を立てた。すこし歩き、ふりむく。

女らは背をむけていた。身を縮め、雑居ビルのエントランスに消えてゆく。客の姿が見えなくなるまで見送るホステスは稀有《けう》になった。

「鹿取さん、風邪ひかないでね」

甲高い声が届いた。

壁から顔を覗《のぞ》かせている。怜美《れみ》という名前だったか。店ではとなりに座っていた。

「おまえもな」

声をかけ、赤坂みすじ通を乃木坂通へむかう。

路上に人影はまばらだ。平日の夜はこんなものだ。大人の街の風景はとっくの昔に消えた。赤坂芸者が歩いていたのを知る者はすくないだろう。

「もう一軒、つき合ってください」

松本祐二《まつもとゆうじ》が言った。

「好きにしろ」

「ありがとうございます」

松本が丸顔に笑みをひろげた。鬼が笑ったようなものだ。

鹿取は空を見あげた。

鉛色の雲が走っている。西から東へ。が、赤坂に春の気配はない。桃の節句が過ぎても夜はめっきり冷え込む。気温は五度くらいか。

視線を戻した。路地角の女と目が合った。ロング丈のダウンジャケット。寒いよ。寄りませんか。目が誘っている。キャバクラ嬢か、性風俗店の呼び込みか。

「おう、松本さん」

声がした。

路地から三人の男があらわれた。堅気でないのはひと目でわかる。

松本が顔をしかめた。

鹿取は耳元に顔を寄せた。

「誰だ」

「花岡《はなおか》組の中井《なかい》です」

「ん」眉根が寄った。

花岡組は神戸に本家を構える神俠会《しんきょうかい》の三次団体である。花岡の親は神俠会の若頭補佐を務めている。去年、鹿取は花岡に会った。殺人事件の関係者がマンションカジノに出入りしているのを知って、陰の経営者の花岡から事情を聞いた。

仲介してくれたのが松本である。

中井が近づいて来た。四十代半ばか。髪はオールバック。瘦軀《そうく》で、顔の彫りが深い。革ジャンとブルゾンを着た二人を従えている。

「松本さん、梨の礫《つぶて》はないやろ」

絡みつくような関西弁だった。

「あの件はことわったはずだ」

松本が邪険に返した。

「そこを曲げてと、お願いしたはずやが」中井の眼光が増した。「元はあんたもいっぱしのやくざや。渡世の義理掛けはようわかってるやろ」

「おまえには恩も義理もない」

「なんやて」

中井が眦《まなじり》をつりあげた。

両脇の二人が身構えた。ひとりがブルゾンのファスナーをおろす。

松本が歩きかける。

「待たんかい」

中井が松本の右腕を取った。

松本がふり解く。「やる気か」

「やめろ」鹿取は割って入った。「クズは相手にするな」

「なんだ、てめえ」

ブルゾンの男が顔を突きだした。

拳を叩《たた》き込む。鈍い音がして、男が膝から崩れた。

「われ」

どすを利かせ、中井が鼻面を合わせる。

鹿取は懐に手を入れた。

中井がのけ反った。泡を食ったような顔になる。

革ジャンの男が目を剝《む》いた。

それで気づいた。手にするものを間違えた。

「マッ。ねんねしている坊やの懐をさぐれ」

「はい」

松本が腰をかがめた。白鞘《しらさや》の短刀を手にする。

「いまどきドスか。まあ、いい。これで正当防衛、成立よ」

言って、中井を見据えた。

「桜田門の鹿取だ。かかってこい」

銃口を中井の心臓にむける。

中井が目を見開いた。くちびるも動いたが、声にならない。

「どうした。やらんのか」

「勘弁してくださいよ」

中井が薄く笑った。頬がひきつっている。

鹿取は拳銃を懐に収めた。

「消えろ」

中井がトレンチコートの裾をひるがえした。

革ジャンの男が寝そべる男を肩に担ぎ、あとを追う。

「すみません」松本が神妙な顔で言う。「ご面倒をおかけしました」

「おまえも、まだガキだな」

鹿取は歩きだした。

松本が追いつく。

「どちらへ」

「白けた。もう女は要らん」

「お帰りになるので」

「別荘で飲み直す」

「それもいいですね。お伴します」

松本の表情が戻った。

乃木坂通を乃木坂方面へむかった。

ＴＢＳ前の歩道は若者で賑《にぎ》わっていた。コンサートが催されていたのか。十代とおぼしき女たちの顔は上気しているように見える。

路地を左に折れた。ほどなくカラオケボックスの看板が目に入った。

松本が四階建てビルの側面にまわった。キーホルダーを手に、外階段をのぼる。三階の扉を開けた。中に入ってすぐ、三〇一号室のドアも開錠する。

コートを脱ぎ、コーナーソファに腰をおろした。

二十平米ほどの部屋である。寝室も浴室もある。四年前までは前オーナーのプライベートルームだった。その当時から鹿取は我が物顔で利用していた。

松本がバーカウンターに入った。

「何を飲まれますか」

棚には高値のボトルばかりが立っている。大半は味見した。

「まかせる」

鹿取は煙草《タバコ》を喫《す》いつけた。

手を動かしながら、松本が話しかける。

「拳銃《チャカ》を持ち歩いているのですか」

「たまたまよ。さっきは手帳を見せるつもりだった」

松本が高笑いをはなった。

電子音が鳴りだした。

鹿取はジャケットのポケットをさぐった。官給の携帯電話だ。マナーモードにするのを忘れていた。画面の表示を見る。顔をしかめ、耳にあてた。

《俺だ。捜査報告書はいつ書く》

破声《われごえ》が鼓膜をふるわせた。

上司の山賀勇《やまがいさむ》。捜査一課強行犯三係の係長である。二年前、警部に昇任して新宿署から戻って来た。以前は強行犯五係にいた。そのころからいがみ合い、ときに連携した。相性がいいのか、悪いのか。微妙な関係が続いている。

「わめくな。定年までには書きあげる」

あと四年で還暦を迎える。

渋谷でおきた通り魔事件が解決して二週間になる。被疑者が起訴され、捜査本部は解散したのだが、最後のデスクワークがおわっていない。

《無事に定年を迎えられると思っているのか》

「うるさい。切るぜ」

《待て。あした、三係の打ち上げをやる。参加するか》

「気がむいたらな。一応、ショートメールで場所と時間を送ってくれ」

返事を聞かずに通話を切った。

松本がトレイを運んできた。カウンターのボトルを手にし、ソファに座る。バカラのグラスに氷を入れ、マッカラン18年を注ぐ。

鹿取はクラッカーをつまんだ。キャビアが載っている。

白磁のオードブル皿には生ハムとチーズもある。

「そのチーズ、腐っているんじゃないのか」

「青カビです。ゴルゴンゾーラのドルチェ。美味ですよ」

「持ちなれないカネを摑《つか》んで、成金趣味になったか」

松本は赤坂に事務所を構える三好《みよし》組の幹部だった。組長の三好は情に厚く、組を解散するさい組織と個人の資産を若衆に分け与えた。側近で功労者でもあった松本はカラオケボックスとステーキハウスを譲渡された。四年前のことだ。

「商売は順調ですが、妹は給料しかくれません」

「かしこい。で、夜遊びは自腹か」

松本がにやりとする。

「鹿取さんが一緒なら飲み代も経費でおとしてくれるんです。ここの酒のつまみ、鹿取さんのために妹が取り揃《そろ》えています」

去年、松本はM&Mという合同会社を設立した。

組織が消滅しても、やくざが組織からぬけても、すぐに警察の暴力団関係者のリストから名前が消えるわけではない。

松本は三年を経たのち、赤坂にあるカラオケボックスとステーキハウスの名義を変更した。みずからは専務に就き、実の妹を社長に据えたのは賢明な策だった。

鹿取は水割りを飲んだ。

「そんな妹を泣かすなよ」

「はい。あいつには感謝しています」

「そうかな」

「えっ」

松本が眉をひそめた。毛虫のように太い。

鹿取はふかした煙草を灰皿でつぶした。

「さっきの野郎だが、どんな何癖をつけられた」

「みかじめ料です。といっても、花岡組に納めるのではありません。人材派遣会社と年間契約を結ぶよう要求されました」

「花岡組の息のかかった会社か」

「さあ」

松本が首をかしげた。思いついたように立ちあがり、カウンターに置いてあるノートパソコンを運んできた。器用な手つきで操作する。

鹿取は目をぱちくりさせた。

「おまえ、パソコンは苦手じゃなかったか」

「いまでも得意ではありません。でも、妹がうるさくて。客商売をしているのだから、ネット情報はまめに見ろと」

喋《しゃべ》っている間も画面が切り替わった。

鹿取はパソコンにふれたくもない。スマートホンは持っていない。

ネット上にあふれる情報は無視だ。校閲システムがないのだからおそろしい。あまりマスコミは取りあげないけれど、真偽のほどが定かではない情報のせいで風評被害が多発している。〈炎上〉もそのひとつだ。謂《い》われない中傷で経営が傾いた会社もある。雨霰《あめあられ》のようなバッシングを浴び、自殺に追い詰められた人もいるという。

警察はSNS対策を講じているが、後手にまわっている。イタチごっこなのだ。

「これです」

松本が画面の向きを変えた。

上部に大文字で〈ムーンライト〉とある。

――クラブ　キャバクラ　ガールズバー　各種コンパニオン――

――夜のお仕事　実績NO・1――

――日払いOK　手数料は業界最安値――

見る者の好奇心をそそる文句がならんでいる。

読み流し、顔をあげた。

「風俗専門じゃないか」

「はい。自分も中井にそう言ったのですが、飲食店や遊戯店にも仲介していて、赤坂界隈《かいわい》で三十店舗以上が契約しているそうです」

「調べたか」

「いいえ。端《はな》からその気がないので。それでも、うちのオフィスに毎日のように電話がかかってきて、妹もスタッフも迷惑しています」

「…………」

鹿取は口をつぐんだ。

警察に届けろ。声になりかけた。

むだなことである。脅迫されるか、実害がなければ警察は動かない。花岡組もしくは組関係者がムーンライトの経営にかかわっていれば組織犯罪対策部署が捜査に乗りだすかもしれないが、それも期待は持てない。ちかごろの暴力団は頭も使う。企業舎弟の大半は暴力団リストから洩《も》れているという。

「警察に相談するのはさすがに気が引けて」

松本が坊主頭に手のひらをのせた。

元同業の誼《よしみ》か。言うのはやめた。

松本は極道の筋目とやらを後生大事にしてきた。世間で通用しなくても、そういう男は嫌いではない。

「親分の花岡と話をしたか」

「いいえ。中井個人のしのぎでしょう。中井は花岡の名をだしません」

「去年の件で気兼ねしているのか」

「それはないです」

鹿取はグラスを手に、ソファにもたれた。

あれこれ思案するような気性ではない。策を弄するのは疲れる。

「とにかく、騒動はおこすな」

「承知です。こっちからは手をだしません」

「殴られても手をだすな」

松本の眉が八の字を描いた。

「どうせ壊れた顔なんだ。二、三発くらえば男前になるかもしれん」

「そんな」

ますます情けない顔になった。

「もう帰れ。俺はここで寝る」

松本が腕の時計を見る。

「まだ十一時前ですよ」

「それがどうした。眠れなかったらデリヘル嬢を呼ぶまでよ」

「それは結構ですが、妹にばれないよう、お願いします」

「はあ」

「妹は鹿取さんのファンでして……こまったものです」

「どういう意味だ」

「もしものことになれば、円《まどか》の女将《おかみ》に顔向けできません」

中野新橋の食事処・円の女将とは二十年来のつき合いになる。新宿区市谷にある自宅よりも店の二階で寝起きすることのほうが多い。

「俺もおなじよ。おまえが警察沙汰をおこせば三好に顔向けができん」

「肝に銘じておきます」

言って、松本が水割りのお代わりをつくりだした。

まだ帰る気がなさそうだ。

鹿取は手枕をして横になった。

★

★

スクランブル交差点の人混みを縫うように進んだ。Bunkamuraへむかう坂道を駆ける。何度も行き交う人の肩にぶつかった。「なによ」ののしる声は無視した。

約束の時間に遅れている。時間にだらしないのは自覚しているけれど、三十分も待たせるのは初めてだ。怒らない相手だからなおさら気が引ける。

吉田裕美《よしだひろみ》はダッフルコートのボタンをはずした。

さっと汗が引く。ギンガムチェックシャツのボタンもはずしたくなる。白か黒のタンクトップにシャツ、ベージュのデニムパンツに黒のスニーカー。数は持っているが、身なりは変わらない。ハーフ丈のダッフルコートは冬の定番だ。

三色あるうち、きょうはアイボリーを着てきた。

路地を左に折れたところで走るのをやめた。右手にダイニングバー。折り戸パネルは閉じてある。木製の扉を開けた。

フロア中央にU字型のカウンター。壁際に二人掛けと四人掛けのテーブルがある。カウンターはカップル、テーブル席は女どうし。この店では見慣れた光景である。ピアノの音が聞こえた。いつもジャズが流れている。

父が大好きだった『GOD BLESS THE CHILD』。ジャズリスナーならよく耳にするスタンダードナンバーだ。父はKEITH JARRETT TRIOが奏でるそれを好んでいた。「幼いあなたの寝顔を見ながら聴いていた」母に教えられた。〈こどもの寝息〉勝手にそう和訳していたとも言った。

奥の二人掛けのテーブル席に女がひとりでいる。友人の小杉真代《こすぎまよ》だ。小柄で、顔がちいさい。目鼻立ちがはっきりしているから薄化粧でも見栄えがする。茶色のガウチョパンツに紺色のニットVネックセーター。むずかしい配色でも上手に着こなす。

吉田は笑顔で近づいた。

「ごめん」

「いいわよ」

いつもの言葉が返ってきた。

気まずさがぶり返した。言訳はしたくない。コートを椅子の背に掛け、座った。携帯電話と煙草のパッケージを取りだし、布製のショルダーバッグを床の籠《かご》に入れる。通称ガラケーをテーブルの端に置き、小杉を見つめた。

「ほんとうに、ごめん。きょうはわたしが奢《おご》るから許して」

「むりしない。安月給なんだから。割勘にしよう」

「サンキュー」

素直に返した。

女子大を卒業し、警視庁に入った。唯一の就職希望先であった。高校卒業後に入庁するつもりだったが、母親の要望を受け入れて進学した。入庁して七年になる。

去年の年収は各種手当とボーナスをふくめ約三百五十万円。二度目で昇任試験に受かり、四月からは巡査部長になる。すこしは年収も増えるだろう。

小杉の年収は五百万円を超えると聞いた。大学の同級生で、たまの休みに遊ぶ数すくない友のひとりである。渋谷のアパレル店のフロア長を務めている。

ウェイターにハイボールとシーフードピザを注文し、煙草をくわえた。

以前は嫌煙家だった。入庁三年目に渋谷署刑事課に配属されたあと煙草を喫いだした。刑事部署や組織犯罪対策部署の刑事は喫煙者が多いと聞いていた。

いまはその理由もわかるような気がする。犬も歩けば棒にあたるというが、刑事は靴底をすり減らすだけで、労が報われることは稀《まれ》である。

一服し、話しかけた。

「なにがあったの」

「うん」

小杉が目を伏せた。うかない顔になる。

――会えない。相談がある――

私物のスマートホンにメールが届いた。午後五時。北沢署の刑事部屋で傷害事件の捜査報告書を作成しているさなかだった。北沢署には二年前からいる。

小杉が希望する午後八時には充分間に合う。そう思ったのだが、先輩に雑用を頼まれ、上司からは捜査報告書の不備を指摘され、書き直しを命じられたのだった。

ウェイターがトレイを運んできた。

ハイボールを飲み、ピザをひと切れ食べた。

小杉はうなだれたままだ。

「食べないの」

「いらない」

吉田はテーブルに両肘をついた。顔を近づける。

「どうしたのよ」

「うまく行かなくて」小杉が顔をあげる。「いやになってきた」

「………」

吉田は首をひねった。

意味がわからない。が、戸惑ったのは別のことだ。前向きで、おおらかな気質の小杉がすっかりへこんでいる。生気のない顔を見るのは二度目か。思い、首をふった。最初のときは失望の表情だった。数日で立ち直り、あかるさを取り戻した。

ひらめきが声になる。

「マンションね」

「そう。三か月以上も空き家のまま」

小杉は世田谷区松原の中古マンションを購入した。去年二月のことだ。築二十三年の1LK。一五七〇万円に税と諸経費がついた。家賃収入がめあての投資だった。翌月には独身の会社員と賃貸契約を結んだのだが、転勤のため昨年末に解約したという。それでも、先月会ったときはあまり気にしていなかった。

「これからよ。引っ越しシーズンだもん」

「わたしもそう思っていた。でも、固定資産税だって払わなくちゃいけないし、いつまでも借り手がなければ、ローンの支払いもきつくなる」

「らしくないよ。イケイケの真代でしょう」

小杉が眉尻をさげた。

「管理会社の人に言われた。水まわりの使い勝手が悪いから敬遠されるって」

「そんなこと、購入する前に言われなかったの」

「うん。明大前駅から徒歩七分、耐震基準は満たしているし、三年前に補修工事と外壁の改修を行なったのでニーズは多いと……不動産屋はおいしい話ばかり」

「………」

吉田は口を結んだ。

そんなものよ。言うのはかわいそうだ。

「ときどき不動産屋に電話して状況を訊《き》くんだけど、そんなに心配ならもうすこしグレードの高いマンションに買い換えたらどうですかだって。ほんと、頭にくる」

「売れば損するの」

「売値次第よ。それ以前に、買い手が見つかるかどうか」

「切羽詰まった状況なの」

「まだ余裕はある。でもね。不安をかかえているとお仕事にも影響するみたい。この冬は売上がおちて店長にはっぱをかけられた」

「そっか」

吉田はあかるい口調で言った。

心配ではある。が、変に同情し、なぐさめの言葉をかけても小杉の気分は晴れないだろう。二人してくよくよしても始まらない。

「気晴らしにカラオケしよう」

「そうね」

小杉の頬が弛《ゆる》んだ。グラスを傾け、ピザをつまむ。

吉田はちいさく息をついた。煙草をふかし、話しかける。

「男不信は続いているの」

「あたりまえよ」声が強くなった。「男はクズ。ろくなやつがいない」

「さみしくならないの」

小杉は独り暮らしだ。実家は長野県松本市にある。造り酒屋の次女として生まれた。学生時代は女子寮、いまは下北沢のアパートに住んでいる。

就職してほどなく三歳上の銀行員と知り合い、交際に発展した。結婚の約束をしていたそうだが、彼氏の名古屋転勤で状況が激変した。ひと月と経たないうちに連絡が途絶えがちになり、夜中に電話してもつながらないことが多くなった。小杉は休日に名古屋にでむいた。彼氏の部屋には女物の下着があったという。二年前のことである。

「平気よ。たまに声をかけられた男と遊んでいるから」

「………」

吉田は目を白黒させた。

初耳である。最近のことなのか。

「心配しないで。割り切っているから」

「でも、あぶないよ」

「大丈夫。独身のまじめそうな男とは遊ばない」

「ええっ」声が裏返った。

「すぐ熱くなって、錯覚するもん」

「………」

こんどはあんぐりとした。

「刑事さんがそばにいるから安心よ」

小杉が目を細めた。

そんな顔を見せたら男どもはすり寄るだろう。いつもそう思う。

小杉がピザをたいらげた。

腹が空いていたのに吉田は食欲が失《う》せた。

「出よう。元気になったお礼にごちそうする」

「サンキュー」

吉田はあっさり返した。

そとに出た。

五、六人の若者が輪になって奇声をあげた。それを見て、そばを歩く娘たちが笑う。どこにいたのか、カップルが増えている。
それを見て、金曜日なのを思いだした。

興味なさそうな顔をして、小杉がグレーのフードコートを着た。襟元の赤色があざやかだ。リバーシブルになっている。

「六本木に行こうか。汗をかきたくなった」小杉が言う。

クラブで踊りたいのだ。

吉田は好きではない。ダンスは苦手で、寄ってくる男らがうっとうしい。「手錠をかけられたいの」何度も言いそうになった。

「ナンパされたいの」

ダッフルコートのボタンをかけながら訊いた。

「そっちはいいや」

言って、小杉が歩きだした。坂をくだる足は軽やかだ。

元気になってよかった。

胸でつぶやき、吉田はあとを追った。

スクランブル交差点に近づいたところで、胸ポケットの携帯電話がふるえた。立ち止まり、手に取る。北沢署刑事課捜査一係の係長だ。

「はい。吉田です」

小杉がふりむいた。近づいてくる。

《出動だ。傷害事件が発生。現場を言うぞ。宮坂△丁目○─×△》

「わかりました。渋谷からむかいます」

《それならタクシーを使え》

通話が切れた。

凶悪事件が発生したのだ。とっさに悟った。鼓動が速くなる。現場は自宅に近い。走れば四、五分か。一軒家に五十六歳の母親と二人で暮らしている。

「どうしたの」

「ごめん。クラブはまたにして」

「事件なのね」

「そう」

携帯電話を手に駆けだした。

小杉も走る。

「じゃあ、わたしも帰る」

「いいの」

「うん。裕美に会えて、気分が軽くなった」

「それなら下北沢で降ろしてあげる」

スクランブル交差点で手を挙げた。道玄坂を空車が下りてくる。

★

★

赤堤通の松原六丁目の信号を左折し、右の路地に入った。

「あのパトカーのうしろに停めてくれ」

鹿取は電子マネーで精算し、タクシーを降りた。制服警察官に警察手帳を見せる。

「捜査一課の鹿取。現場はどこだ」

制服警察官が前方を指さした。

「つぎの路地角の駐車場です」小声で答えた。

周囲に野次馬が群れている。近所の住民だろう。住宅が密集している。

三台のパトカーが停まっている。赤色灯が回るセダンや鑑識課の車両も見える。

黄色いテープを跨《また》ぎ、青いシートに手をかけた。

「早かったな」

耳元で声がした。上司の山賀だ。気づかなかった。

「嫌味か」

出動命令は市谷の家で受けた。三日ぶりの帰宅だった。

二日間仕事をさぼり、けさ警視庁で苦手の捜査報告書を書いた。おかげで疲れ果て、街にでる気にはならなかった。バーボンのオンザロックを飲みながらDVDを観ていた。ハリウッド作品の『L・A・ギャングストーリー』。単純におもしろい。会話がおしゃれだ。RYAN GOSLINGとEMMA STONEの濡《ぬ》れ場のさなかに携帯電話が鳴りだした。

「被害者は中か」

「病院に搬送された。首と胸に二発。至近距離から撃たれたらしい」

「生きているのか」

「むずかしいかもしれん」

シートのむこうから男が出てきた。

紺色のキャップに同色のジャンパー。現場鑑識の音川《おとかわ》係長とは旧知の仲だ。

鹿取は音川の腕を取り、山賀から離れた。

「どんな状況だ」

「車から降りたところを襲われたようだ」

「凶器は」

「リボルバーかな。薬莢《やっきょう》が見つからん」

自動拳銃なら周辺に薬莢が残る。

「被害者の所持品は」

「ない。俺が臨場したときは救急車で搬送されていた。セカンドバッグと一緒に。だが、車の所有者はわかった。そのへんのことは仲間に聞け。俺はこれから病院に行く。訊きたいことがあるなら、あとで電話しろ」

言って、音川が足早に去った。

鹿取は山賀のそばに戻った。

「被害者は何者だ」

「わからん。車検証の名義は川上洋《かわかみひろし》。被害者とは断定できてない」

「目撃証言は」

「発砲音のようなものを聞いたという証言がある。バイクが走り去るのを見たという人も……が、これからだ。おまえも聞き込みにまわれ」

「ひとりでか」

「見てのとおり。ひまな刑事はおらん。班割りはおわった」

周囲に強行犯三係の同僚はいない。顔を知っているのは捜査一課長と管理官。ほかの私服は北沢署の幹部連中と思える。

「病院はどこだ」

「用賀の錦山《にしきやま》病院。北沢署の連中がむかった」

「俺も行く。キーをよこせ」

鹿取は手を差しだした。

山賀が顔をしかめた。

「ぶつけるなよ」

「心配ならおまえが運転しろ」

「ふん」山賀が車のキーを手にした。「とっとと消えろ」

近くで捜査一課長が眉をひそめていた。


リノリウムの床を踏み、集中治療室にむかった。通路の突きあたりを右折する。左側に〈ＩＣＵ〉の文字が見えた。男女二人が立っている。

女が近づいて来た。行く手を阻むように立ちふさがる。

「どなたですか」

「うるさい。どけ」

鹿取はぞんざいに返した。

女が目に角を立てる。さっと顔が赤らんだ。

「おまえは、どこの誰だ」

「なんて失礼な」声がふるえた。

「よさないか」

女の背後で声がした。

男がそばに来た。

北沢署の城島吉彦《じょうじまよしひこ》だったか。十五歳の少年が殺害された事件で一緒になった。十年ほど前のことだ。温厚な性格だったのを憶えている。

「鹿取さん、すみません」女にも声をかける。「捜査一課の鹿取警部補だ」

「わかりました。でも、失礼です」

「いいから。ICUの前にいなさい」

なだめるように言い、鹿取に顔をむける。

「ロビーで話しませんか」

頷《うなず》き、鹿取はきびすを返した。


待合室のソファに座った。

自動販売機で缶コーヒーを買い、城島が横に座る。

「どうぞ」

缶コーヒーを渡された。

鹿取はプルタブをおこした。口をつけてから話しかける。

「さっきの女は部下か」

「ええ。吉田裕美。来月、巡査部長になります。彼女の父親とは同僚でした」

「退職したのか」

城島が首をふる。

「職務質問中に撃たれ、殉職しました。彼女が高校生のときです」

「………」

鹿取は口をつぐんだ。どう返答していいのかわからない。

「鹿取さんはひとりでこられたのですか」

「臨場が遅れた。で、ここに逃げてきた」

城島が目元を弛めた。小皺《こじわ》が倍ほどになった。

ちかごろ、鹿取は同年輩の顔を見て、歳を意識するようになった。一歳下の城島を、以前は老けた顔をしていると思った。いまは鏡を見る思いだ。

「被害者の容態は」

「いまも手術中です。が、あたった部位が悪すぎる。救急隊員の話では、駆けつけたときは虫の息だったそうです」

「所持品もこっちに運ばれたと聞いた。身元は判明したか」

「ええ。川上洋、四十二歳。職業は人材派遣会社の社長です。といっても、ネット営業のみで、オフィスは下北沢にあります」

「確認済みか」

「名刺を見て、うちの生活安全課に照会しました。東京都に認可されています」

「社名は」

「ムーンライト。社員は三名と聞きました」

「ん」顎があがる。

「ご存じなのですか」

「社名だけな」

そっけなく返した。

――みかじめ料です。といっても、花岡組に納めるのではありません。人材派遣会社と年間契約を結ぶよう要求されました――

松本の声が鼓膜によみがえった。

「被害者の個人情報は調べたか」

「えっ」城島が目をしばたたく。「犯歴という意味ですか」

「いろいろだ」

「調べていません。身元は報告したので署の連中が個人情報を集めているでしょう」

「そうだな」

言って、立ちあがった。ゴミ箱に缶を入れる。

「もういいのですか」

城島が怪訝《けげん》そうな顔をした。

「あとは捜査本部《チョウバ》で聞く。会議は何時からだ」

「朝の七時です」

「わかった。いい女によろしく伝えてくれ」

夜間専用の出入口にむかった。

気が急《せ》いている。ほかの質問はどうでもよくなった。

そとに出て、携帯電話を手にした。私物のほうだ。

《はい。松本です》

あかるい声が届いた。

それだけでもほっとした。そんなはずはないと思っても、気にはなる。

《別荘で会おう。三十分後だ。夜食を頼む》

返事を聞かずに通話を切った。

「中華にしました」

笑顔で言い、松本が紙袋に手を入れる。

竹細工の蒸籠《せいろう》をテーブルに置く。春巻きもある。カウンターに行き、小皿と調味料を運んできた。蒸籠の蓋を取る。湯気が立った。

鹿取は水割りをつくってやった。

「俺が電話したとき、どこにいた」

「オフィスです。帳簿の勉強をしていました」

「妹も一緒か」

「はい。うちの経理は会計士の資格持ちで、二人して習っています」

「何時から」

「七時ごろに晩飯を食べて」松本が首をひねる。「どうしてそんなことを」

答えず、鹿取は箸を持った。

小籠包《ショーロンポー》に針生姜《はりしようが》をのせた。黒酢につけて口に運ぶ。嚙《か》むと肉汁がひろがった。火傷しそうだ。が、冷めるとまずくなる。二個食べ、春巻きは辛子で食した。

水割りを飲んで顔をあげる。

「川上洋という名前に憶えはあるか」

松本がきょとんとする。

「何者ですか」

「例の人材派遣会社の者と会ったことは」

「ありません」

「あれから接触してきたか」

「いいえ」

松本が顔を近づけた。不安そうにも不満そうにも見える。

「いったい、なにがあったのです」

「ムーンライトの社長が撃たれた」

「ええっ」

松本が頓狂な声を発した。

鹿取は事件の概要を話した。

「念を押すが、ムーンライトとは接触してないんだな」

「はい。誓って」

「誓わんでいい。あとは食いながら話そう」

また小籠包を食べた。松本も食べだしたのを見て、煙草を喫いつける。

「それでも、おまえへの事情聴取は避けられん」

「なぜです」

「花岡組の中井はおまえにムーンライトとの契約を求めた。ということは、M&Mやおまえのことを川上に話した可能性が高い。被害者の周辺からおまえの名前が見つかれば、警察は目の色を変える」

「………」

松本が口をへの字に曲げた。

意味がわかったのだ。松本は元やくざで犯歴がある。銃刀法違反でも起訴された。

「で、どうする」

「えっ」

「事情を訊かれたら、ありのまま喋るか。それとも、やくざの筋目を護《まも》るか」

「どうしましょう」

「知るか」

突きはなすように言い、グラスをあおった。

何としても松本は護る。松本のかつての親には世話になった。恩義もある。

——唯一の気がかりは松本です。あの不器用者が堅気になれるのか。堅気になれなくてもかまわないけれど、生きて行けるのか。鹿取さん、どうかお願いです。松本の相談相手になってください——

言って、三好は額を床につけた。三好が組の解散を決意したときのことである。

「おまえの意思に文句はつけん。が、勝手に動くな」

「わかりました。自分にお手伝いできることはありますか」

「ない。中井がなにか言ってきたら、すぐ俺に連絡しろ」

「はい。ほかには」

鹿取は首をかしげた。思いつきが声になる。

「道具は持ってないだろうな」

「持っています」

松本がこともなげに言った。

「親分に授かりました。鹿取さんの身を護れと。ずいぶん昔の話ですが」

「どこにある」

「ここです。鹿取さんのベレッタと一緒に保管しています」

「………」

鹿取は肩をすぼめた。

公安部に所属していたころからの愛用品である。刑事部に転属させられたあと、警察庁の警備局長直轄の隠れ公安になったころは常に持ち歩いていた。

ベレッタはともかく、三好の気持を処分しろとは言えない。それに、松本に事件発生時のアリバイがあれば家宅捜索は行なわれないだろう。

前列の男が立ちあがった。

「駐車場近くの路地にバイクが停まっていたとの目撃情報を得ました。フルフェイスヘルメットを被った人物が乗っていたそうです」

「性別は」雛壇《ひなだん》の山賀が訊く。

「わからなかったそうです。その目撃者は帰宅途中にバイクを見た。それから三十分ほどして銃声のような音を聞いたと」

「帰宅したのは何時だ」

「十時前後だったと証言しました」

会議室の中ほどに座る男が手を挙げた。

「なんだ」

山賀のとなりの男が声を発した。捜査会議を仕切る北沢署の刑事課長である。

「おなじバイクかどうかわかりませんが、現場近くから走り去るバイクには二人が乗っていたとの証言もあります」

「それは現場近くに設置された二箇所の防犯カメラでも確認した」

山賀が応じ、場内を見渡した。

「もうひとりの目撃情報はあるか」

「駐車場の隅で物音がしたという証言があります」別の捜査員が声を発した。「が、人は見なかったそうです」

「ほかはどうだ」

声があがらない。

鹿取は最後列の端で頬杖《ほおづえ》をついている。幹部と捜査員のやりとりは聞き流した。頭は眠ったままだ。窓から射し込む朝陽も覚醒の効果はない。

となりの席で北沢署の城島がメモを取っていた。

制服を着た女が入ってきた。山賀にメモを手渡す。

山賀の顔がけわしくなった。

「午前七時十三分、被害者の死亡が確認された。容疑は殺人に切り替わる」

場内がざわめいた。


第一回捜査会議は一時間ほどで終了した。

鹿取は座ったまま両腕を伸ばした。

「鹿取警部補」

女の声がし、視線をふった。

吉田裕美だったか。切れ長の目と薄いくちびるは印象に残っている。

「よろしくお願いします」

吉田が頭をさげた。

「はあ」

「班割りを聞いてなかったのですか。警部補と組むことになりました」

「勘弁してくれ」

となりの城島を見た。

「おまえが企《たく》らんだのか」

「なかなかの頑張り屋です。面倒を見てやってください」

城島に動じるふうはない。

「やめたほうがいい」

前列の男が言った。

強行犯三係の廣川孝夫《ひろかわたかお》だ。鹿取より三歳下の五十三歳。三年前に池袋署から異動してきた警部補である。廣川のとなりの男が口をひらく。

「鹿取さんと組まされるなんて不幸の極みだな」

青野《あおの》警部補のひと言に、二人の巡査部長が頷いた。

廣川が吉田に話しかける。

「鹿取さんの経歴を知っているのか」

「知りません。そんなことが捜査に必要なのですか」

吉田が口をとがらせた。

「素行も悪い」青野が言う。「女にはむりだ」

鹿取は黙って聞いた。なにを言われようと、どう思われようと気にしない。

吉田が廣川と青野を指さした。

「あなた方、セクハラで訴えます」

廣川が目をまるくした。

二人の巡査部長が首をすくめた。高橋《たかはし》と本多《ほんだ》。どちらも三十代で、二年前に配属されてきた。もうひとりの古参の巡査部長は病気療養中である。

「よさないか」

城島がたしなめた。廣川らに顔をむける。

「ひやかしているひまはないでしょう」

言われ、青野が口をゆがめた。

廣川が仲間をうながした。「行こう」

皆が去るのを待って、鹿取も腰をあげた。


北沢署をあとにした。

ゆるやかな坂をくだる。三分ほど歩けば小田急小田原線の梅ヶ丘駅に着く。

吉田が肩をならべた。

「どちらへ」

「どこへ行きたい」

「えっ」

「答えろ」

「被害者の自宅とオフィスを見たいです」

吉田がきっぱりと言った。

異論はない。ムーンライトのオフィスが気になっている。

「どうされますか」

「ほかの連中の行き先を知っているか」

「知りません。会議のあと、敷鑑班が集まりましたが、わたしは鹿取警部補のことしか頭になくて……すみません」

捜査は大別して三つに分かれる。容疑者および被害者の人的関係を調べる敷鑑、現場周辺の聞き込みを行なう地取り、遺留品から事件を追うナシ割だ。

鹿取は敷鑑班しか担当したことがない。三係では暗黙の了解事だ。

「気にするな。先客がいようと関係ない。オフィスに行こう」

「はい」元気な声になった。「オフィスは下北沢にあります」

最初の交差点を左に折れた。つぎの角を右折すれば駅が見える。

吉田が言葉をたした。

「発砲件数は断トツの歴代一位だそうですね」

「調べたのか」

「城島さんに聞きました」

「ほかには」

「三係の検挙率も警視庁では一番で、鹿取警部補の功績はおおきいと」

「ほかにも破られない記録がある」

「容疑者を負傷させた回数ですか」

「死者もいる。で、懲罰を食らった回数も断トツだ」

「自慢になりません」

「してない。おまえのために教えている」

「どういう意味ですか」

「俺と組めばろくなことにならん。手を切るならいまの内だ」

「いやです」

梅ヶ丘駅が近づいて来た。

鹿取は周囲を見渡した。

「どうかしましたか」吉田が訊く。

「腹が減った」腕の時計を見た。八時半を過ぎた。「近くに喫茶店はないか」

「駅のむこうにコーヒーのおいしい喫茶店があります」

「煙草は」

「全席喫煙オーケーです」

そこまで知っていれば、吉田も喫煙者ということだろう。

それにしてもいささかおどろいた。反対するどころか、よろこんでいる。

「助かりました。きのうの夜から食べてなかったのです」

「あ、そう」

そっけなく返した。

悪い印象はないけれど、距離が近くなるのは願い下げである。

新宿行き電車に乗り、二つ目の下北沢駅で降りた。工事中の構内を通りぬけ、北口改札から出た。三方に道がある。

鹿取は吉田に声をかけた。

「どっちだ」

「左の商店街を入って、すぐ右手の雑居ビルです」

すらすら答えた。

吉田は喫茶店でも電車の中でもスマートホンを見ていた。訪問先の所在地や周辺の地図を確認していたのだ。すっかり見慣れた。若手ばかりか、中年の捜査員もアプリ情報を頼るようになった。

講釈をたれる気がないのだから、好きにさせるしかない。

「あれです」

吉田が指さした。

一階が洋品店のビルの袖看板に〈ムーンライト〉の文字が見える。

「あっ」

男の声がした。

強行犯三係の高橋が雑居ビルから出てきた。四十年輩の男と一緒だ。角刈り頭に四角い顔。よれよれのコートのポケットに両手を突っ込んでいる。

吉田が顔を寄せる。「うちの坂本《さかもと》主任……巡査部長です」

高橋が近づいてきた。

「ムーンライトを訪ねるのですか」

「ああ」

「何しに来た」坂本が言う。「ここは俺らの担当だ」

高橋が坂本の腕を取った。

「まあまあ。そうとがらずに」

「何を言う」坂本が食ってかかる。「誰なんだ」

「鹿取警部補です」

「………」

坂本が眉間に皺を刻んだ。鹿取に視線を戻す。

「何をされようと結構ですが、オフィスにあるものは紙切れ一枚、持ちださないでくださいよ。捜査に必要な資料はチェックしました。このあと回収にかかります」

早口で言い、坂本が歩きだした。

苦笑を残し、高橋があとを追う。

吉田が頬を弛めた。

「さすが。高名は知れ渡っているようですね」

「悪名だろう」

「どっちにしても、喧嘩《けんか》早い坂本さんが退きました」

鹿取は無視した。そういう話に興味はない。

ビルの中に入った。ムーンライトは三階にある。

二十五平米ほどか。フロアの左に五つのデスク、右は四人が座れる応接セット。安っぽい。壁には何もなく、ところどころ黄色い染みが見える。

デスクに座る男と女が顔をむけた。何かをしていたふうではなかった。社長が殺害されたというのに、ひっそりとしている。

鹿取は、手前のデスクに座る女に声をかけた。

「警視庁の鹿取です」

女が答える前に、男が近寄ってきた。

三十歳前後か。長い髪はぼさぼさ。格子柄のボタンダウンシャツにコットンパンツ。顔は生白く、もやしのような体つきだ。

「ついさっきまで別の刑事さんがおられましたが」

「承知です。別件で、お訊《たず》ねしたいことがあって来ました。あなたは」

「社員の牛島《うしじま》です。どうぞ」

ソファを勧められた。

「その前に、社長のデスクはどれですか」

「窓際の、おおきいほうです」

鹿取は目で吉田をうながした。パソコンの操作はまかせるしかない。

吉田が社長の椅子に座った。

「先ほどの刑事さんも見ていましたよ」

牛島が言った。迷惑そうな顔になった。

「別件だと言ったはずだが」

もの言いがきつくなった。すぐに地がでるのはいつものことだ。

「登録者や派遣先のリストをチェックしろ」

吉田に指示し、空いている椅子を吉田のかたわらに寄せた。

吉田の指が器用に動く。目まぐるしく画面が変わる。

「これ」吉田が指さした。「登録者のリストです」

画面上部に数字がならんでいる。五桁だ。

牛島を呼んだ。

「こんなにいるのか」

「これまでに登録された方の数です。登録だけで応募しない方も大勢いるので、実数値は三割から四割というところです」

「一定期間で削除しないのか」

「はい。登録したあと一年以上経ってから応募される方もいます」

「登録者の個人情報もこのデータに入力してあるのか」

「個人名をクリックすればでてきます。ただし、パスワードが必要です」

「あなたはパスワードを知っているか」

「もちろん。そうでなければ仕事になりません」

「開いてくれ」

「それは……警察の方といえどもできません」

「さっきの連中にもそう言ったのか」

「はい。年輩の刑事さんが手続きを踏むようなことをおっしゃっていましたが」

視線を戻し、吉田に話しかける。

「派遣先のリストを開き、コピーしろ」

「こまります」

声を強め、牛島が目くじらを立てた。

鹿取は睨《にら》みつけた。

「殺人事件の捜査なんだ。被害者の人的関係を調べるのは当然じゃないか。それとも、調べられてはこまることでもあるのか」

「めっそうもない」

牛島が顔の前で手のひらをふった。

「登録者のほうはコピーしなくていいのですか」吉田が訊く。

「数が多すぎる。さっきの二人にまかせる」

言って、牛島の肩に手をのせた。

「あっちで話そう」

ソファに座った。牛島が正面に腰をおろすのを待って質問を始める。

「この会社はいつ始めた」

「四年前です。社長と専務の神崎《かんざき》が共同で設立しました」

「あなたは」

「設立時はプログラマーとしてかかわり、社員になったのは二年前です」

「ほかに社員は」

「彼女ひとり」デスクの女に目をむける。「繁忙期にアルバイトを雇うこともあります」

「それで仕事になるのか。応募者とのやりとりはネットでやれるとしても、派遣先との交渉や応募者と店との仲介はどうしている」

「たいていの場合、応募者がお店を訪ね、双方が合意すれば契約成立です」

「契約時に立ち会わないのか」

「必要があれば、スカウトマンにお願いしますが、滅多にないですね。経費が嵩《かさ》めば業界一安い手数料を維持できなくなります」

「営業はどうしている」

「社長と専務が担当しています」

「専務はどこだ」

「先ほどの電話では、北沢署にいると。こんなことになって……専務はしばらく派遣先のお店への対応に追われるでしょう」

「そういえば、電話が鳴らないな」

牛島が表情を弛めた。

「夜のお仕事ですから、午前中に電話がかかってくることはありません。事件を知って、メールでの問い合わせは何十件も届いていますが」

鹿取はソファにもたれた。

喋り疲れた。そもそも訊問《じんもん》は苦手である。煙草を喫いたくなった。

「おわりました」

吉田の声がし、視線をふった。

「メールアドレスもチェックしろ」

「自分のケータイに移していいですか。そのほうが早いし、便利です」

牛島が目を見開いた。

「そんなことをされては……」

「何度も言わせるな」

語気を強めてさえぎった。

路上に立つなり、吉田が口をひらいた。目は怒っている。

「失礼です」

「はあ」

「被疑者でもないのに……誰にでもあんな喋り方をするのですか」

「気に入らんのなら、つぎからおまえが訊問しろ」

「そうします」

吉田があっさり返した。

鹿取は周囲を見渡した。

商店街に人はまばらだ。若者の街のイメージがあったが、寂れた感じがする。午前中ということもあるのか。ちらほら見るのは中高年の女である。

喫茶店に入った。〈喫煙可〉の貼り紙に誘われた。

テーブル席に座り、煙草をくわえた。ウェートレスにブレンドを注文する。

「わたしはレモンティーを」

言って、吉田も煙草のパッケージを取りだした。ハイライト。梅丘の喫茶店では気づかなかった。たしか、バッグから一本を抜き取ったように思う。

「そんなきつい煙草を喫っているのか」

鹿取は一ミリのメビウス。歳を重ねるにつれてタールの量がすくない銘柄に変わった。

本数も減った。独りでいるときは喫わない時間のほうが多くなった。

「軽いのは喫った気がしません。おいしいと思ったことはないし、苛々《いらいら》するときに刺激がほしいだけですから」臆面もなく言う。「父もハイライトでした」

「………」

俺といると苛々するのか。意地悪な質問はやめた。

ウェートレスがトレイを運んできた。

コーヒーをひと口飲んで顔をあげる。

「派遣先のリストを見せろ」

吉田が布製のショルダーバッグに手を入れた。

用紙を受け取った。十枚ほどある。地区ごと、業種別に仕分けされている。それぞれ店名、営業形態、契約、担当者、連絡先の項目がある。

赤坂地区を見た。ざっと見ても二百ほどの店名が載っている。

目を止めた。〈みよし・ステーキハウス〉、〈サンセット・カラオケボックス〉。担当者の項目に〈M&M　松本美代子《みよこ》〉。固定電話の番号も記してある。

契約の欄は空白だった。丸印が入っていない店が目につく。

ひらめいた。飲食店組合や地方自治体から流出した情報を基に作成したか。

「灰がおちますよ」

吉田に言われたときは遅かった。灰がズボンにひろがった。手で払う。

「そのリストを見たかったのですか」

「どういう意味だ」

「登録者の数が多すぎると言っておきながら、派遣先のお店のほうは画面を見ることもなくコピーしろと。ほかに訊くことはたくさんあるはずなのに、牛島さんには会社の業務内容に関する質問しかしませんでした」

吉田が早口で喋った。

鹿取はゆっくり首をまわした。先が思いやられる。

「すべて計算尽くだったのですね」

「ん」

「同僚と鉢合わせするのが嫌で、梅丘の喫茶店で時間をつぶした。さっきのオフィスではそのコピーが目的だったから、おざなりな訊問でお茶を濁した」

「そんなことばかり考えているのか」

あきれた顔で言った。怒る気にはならない。推察は的を射ている。

「説明してくれないのだから、想像するしかありません」

「疲れるぞ」

「平気です」

吉田があっけらかんと言った。煙草をふかし、横をむいて紫煙を吐く。

「おまえは総務がむいているんじゃないか」

「冗談じゃない」目が三角になった。「人の粗探しなんてまっぴらです」

鹿取は肩をすぼめた。吉田は機転が利く。総務を人事に結びつけたのだ。

「捜一は希望の部署か」

「いいえ。希望は四課です」

警視庁刑事部に四課は存在しない。かつて暴力団を相手にしていた刑事部四課はそっくりそのまま組織犯罪対策部四課に名称を変えた。

「やくざが好みか」

「心火《しんか》の敵です。そんなことより、リストに気になる店が載っているのですか」

「ただの好奇心よ」

「………」

吉田が眉尻をさげた。

煮ても焼いても食えない。顔にそう描いてある。

「俺のことは無視し、捜査に集中しろ」

「わかりました。で、つぎはどちらに」

「別行動だ」

「ええっ。それはないでしょう」

「野暮用がある。おまえはムーンライトに戻れ。訊きたいことがあるだろう」

「いいえ。警部補について行きます」

「警部補はよせ」

「では、鹿取さん。同行させてください」

鹿取は首をひねった。あれこれ言うのも疲れる。

「おまえのケータイに移したメールアドレスを見せろ」

うれしそうに頷き、吉田がスマートホンにふれた。鹿取の前に置く。

見ているうちに画面が消えた。

「スマホ、持ってないのですか」

「悪いか」

「指先で軽く上に」

言われたとおりにした。

花岡組の中井の名前はなかった。想定内である。暴力団関係者との関連を疑われれば事業登録を抹消される。M&Mも松本の名前もなかった。

見ているあいだ、吉田の視線を感じた。

下北沢駅に戻り、新宿行きの電車に乗った。代々木上原駅で千代田線に乗り換え、赤坂駅で降りた。乃木坂方面へむかって歩く。

「教えてください」吉田が言う。「どこへ行くのですか」

電車の中では中吊り広告を見ていた。吉田はずっとスマートホンをさわっていた。

「やくざの事務所よ」

吉田が足を止めた。

「どうした」

「何という組ですか」

「花岡組。神戸の神俠会の枝だ」

吉田がスマートホンを手にした。指先が目まぐるしく動く。

「何をしている」

「赤坂五丁目、△の○×。コート赤坂三〇一ですね」

スマートホンの画面を覗くと、部屋の間取りが映っていた。

「なんだ、そりゃ」

「おなじマンションの四〇一号室です」

「そんなものを投稿するやつがいるのか」

「これは不動産業者からの情報提供です」

「いらん世話を」

部屋を内見しなければ詳細はわからないだろう。あとの言葉は胸に留めた。手間暇を惜しむ者ばかりだ。そんな連中にかぎって、あとで不満を口にする。

「中はどうなっているのですか」

「知らん。初めて行く」

ほんとうだ。組長の花岡とはマンションカジノで面談した。疑念が声になる。

「どうやって住所がわかった。四課のデータか」

マンションやテナントビルに組の看板や代紋を掲げる暴力団はいなくなった。改正暴力団対策法や地方自治体が定める暴力団排除条例によって立ち退きを命じられる。

「違います。花岡組で検索したら、住所がでていました」

「あ、そう」

ほかの言葉は見つからなかった。もの好きな人間がいるものだ。

「どうして間取りを調べた」

「やくざの事務所ですよ。予備知識が必要です」

「殴り込みをかけるわけじゃない」

「こっちはそうでも、むこうはどうでるか……なにしろ人間ではありません」

鹿取は頭をふった。

訊くだけ損をした。なにを言ってもむだなようだ。

「ここですね」吉田が足を止める。「画像とおなじです」

「マンションも映っているのか」

「はい。エントランスの右側にエレベーターがあります」

ため息が洩《も》れた。

七階建てマンションのエントランスに入り、メールボックスを見た。三〇一は〈黒川《くろかわ》〉とある。投函口を指で押し、中を覗いた。空だった。

「鹿取さん、自分は拳銃を所持していません」

吉田が言った。顔は強張《こわば》っている。

「威勢がいい割には根性がないな」

「根性で命は護れません」

「貸してやろうか」

鹿取はジャケットの前を開いた。ショルダーホルスターに拳銃を挿している。

吉田が目をぱちくりさせた。

「持ち歩いているのですか」

「俺は小心者でな」

笑って言い、エレベーターのボタンを押した。

三〇一号室のドアの前に立った。チャイムを押し、ドアの上部に取り付けられた防犯カメラを見つめた。暴力団の事務所と教えているようなものである。

《どちらさまですか》

男の声がした。標準語の丁寧なもの言いだった。

「警視庁の鹿取だ。開けてくれ」

返答がない。

十数秒待たされたあと、ドアが開いた。

紺色のジャージを着た男が立っている。二十代半ばか。ショートボウズ。細身で、ちいさな顔にはやくざ特有の険がなかった。

「ご面倒ですが、警察手帳を見せてください」

鹿取は言われたとおりにした。

吉田も倣う。

「花岡はいるか」

「はい。どうぞ」

男が腰をかがめ、スリッパを揃《そろ》えた。丁寧に対応するよう、花岡に命じられたか。

リビングに案内された。

「おひさしぶりです」

花岡が顔に笑みをひろげた。

白地に青のピンストライプのシャツ。左腕をソファの背に伸ばしている。

四十二歳になったか。優男の顔立ちだが、雰囲気で極道者とわかる。十年前に上京して
赤坂に事務所を構えた。

――食い詰めて、出稼ぎに来たのか――

――リーマンショックの後始末に来ましてん。関西でいう捌《さば》きですわ――

初対面のとき、そんなやりとりをした。

企業からの依頼でトラブルの仲裁をする連中を関西では捌き屋という。主に建築業界が
捌きの場であったが、近年は金融業界でも暗躍している。

「神戸に帰る旅費は溜《た》まったたか」

「そんなにめざわりですか」

「どうかな」

ぞんざいに言い、花岡の正面に腰をおろした。

吉田がとなりに座った。顔は青ざめて見える。

「しのぎはどうだ」

「ぼちぼちですわ」

花岡が鷹揚《おうよう》に言った。関西訛《なまり》は薄れていた。

若衆がお茶を運んできた。

ひと口飲み、煙草を喫いつける。

「きょうはどんなご用で」花岡が訊く。

「ここに中井という野郎はいるか」

「中井毅《つよし》ならうちの舎弟です」

「正社員か」

「………」

花岡がきょとんとし、すぐに破顔した。

舎弟にもいろいろある。警察と世間の目を欺くために、組織に名前を連ねない輩《やから》が増えている。いわゆる企業舎弟だ。裏社会では〈隠れ舎弟〉ともいう。

「状に名前があります。中井が、何か」

「中井のしのぎは何だ。捌きか」

花岡が眉根を寄せた。眼光が増す。

「答える前に、事情を教えてもらえませんかね」

ねっとりとしたもの言いに変わった。

「殺人事件の捜査をしている。中井は被害者と接点がある」

「容疑者扱いですか」

「どうかな。とりあえず、中井から事情を聞きたい」

花岡が小首をかしげた。

「なんで俺に声をかけたのですか」

「おまえには借りがある。で、筋を通した」

花岡が目元を弛めた。

「それはご丁寧に」ショートボウズに声をかける。「中井のケータイを鳴らせ」

「待て」

鹿取は声を張った。

「俺が直に会う」

「いいでしょう。やつの連絡先はご存知ですか」

「ああ。〇三—五△×九—〇四×△だな」

きのう松本に聞いた。電話では《赤坂企画の中井》と名乗るそうだ。

「それはやつの事務所の番号ですわ。自宅兼用やけど」

「ケータイの番号は」

「勘弁してください。舎弟を警察に売るわけにはいかんでしょう」

花岡が薄く笑った。

どうでもいい。話のついでだ。その気になれば簡単にわかる。

鹿取は煙草をふかした。

「教えろ。中井のしのぎを」

花岡がさぐるような目をした。

「ご存知でしょう」

「………」

鹿取は目で凄《すご》んだ。

花岡は松本と中井の悶着《もんちゃく》を知っているように感じた。

花岡が表情を戻した。

「ここにおる若衆らは別として、幹部らのしのぎは己の裁量でやらせています」

「建前はよせ。身内が下手を売ればおまえも身柄を取られるんだ」

「覚悟の上の稼業ですわ」

花岡が顎をしゃくり、ソファにもたれた。

まともな会話はここまでということだ。

「この先、おまえに経過報告はせん」

言い置き、鹿取は腰をあげた。

乃木坂通は人の行き来が増えていた。まもなく正午になる。陽射しも強くなった。コートを脱ぎたいくらいだ。

来た道を戻った。すぐ近くにあるM&Mのオフィスを覗きたいが、吉田を連れて行きたくない。あれこれ説明するのは面倒だ。

「なにが何だかさっぱり」吉田が言う。「中井って何者ですか」

「聞いてのとおりよ」

松本の名前を伏せ、中井との悶着をかいつまんで話した。

「それって、みかじめ料じゃないですか」

「そうだとしても俺らには関係ない」

「そんな。やくざの違法行為をほうっておくのですか」

「パクりたけりゃ四課と組め」

吉田が頰をふくらませた。息をつき、口をひらく。

「どうして、事件のことを話さなかったのですか」

「訊かれなかった」

「…………」

吉田が啞然《あぜん》とした。表情がころころ変わる。

「関心がないか、事件を知っているか。どっちかだ」

「後者なら、花岡は被害者と中井の関係を知っていることになりますね」

「たぶん」

曖昧に返した。

予断や推測に興味はない。吉田の想像につき合う気はさらさらない。

東京メトロの看板が見える。

「おまえは、派遣先の店をあたれ」

「鹿取さんは」

「野暮用がある」

「とか言って、ひとりで中井に接触するのでしょう」

「くだらんことを言うな」

「すみませんでした」

吉田があっさり返した。

鹿取は首をひねった。急にものわかりがよくなった。

「何かあれば連絡しろ。それと、中井の件は会議で報告するな」

「なぜです」

「うるさい。報告すればおまえと縁を切る」

吉田が首をすくめた。

鹿取はきびすを返した。

蕎麦《そば》でも食ってひと眠りしたい。喋りすぎた。神経も疲れた。ムーンライトのオフィスにいるときも、花岡と話している間も、それとなく吉田を観察していた。女とコンビを組むのは初めてだ。が、それで神経を遣ったわけではなかった。

★　★

エスカレーターで躓《つまず》きそうになった。

鹿取のことが頭から離れない。乱暴なもの言いと粗暴な振る舞いが鼻につく。半面、冷静な判断力を備えている人だとも思う。

――この先、きっと役に立つ――

用賀の病院で鹿取と鉢合わせたあと、城島から鹿取とコンビを組むよう助言された。

「あの人について行けるかどうかわからないが」城島はそう言い添えた。

最後のひと言でむきになった。「そうさせてください」その場で答えた。

なぜ鹿取は花岡組の中井にだけ興味を示したのだろうか。被疑者と決めつけているとは思えない。見込み捜査でもなさそうだ。それなら逸早《いちはや》く中井に接触する。

――おまえには借りがある。で、筋を通した――

あんな発言が許されるのか。あのときは怒りがこみあげた。あきらかに捜査情報の漏洩《ろうえい》で、懲罰の対象になる。ましてや相手は暴力団の組長である。それでも、感情は抑えられた。鹿取と花岡のやりとりのせいだ。どちらも、真意をさぐるような、気配を嗅ぎ取っているような雰囲気を感じた。

二つ目のエスカレーターを降りたところで息をついた。

鹿取と行動を共にして数時間である。他人の頭の中がわかるはずもない。

毒気にあてられたか。そう思うと、苦笑が洩れた。

地上に出て、スクランブル交差点を渡った。昼間でも混雑している。

渋谷109に入った。地下に降り、コーヒーショップの扉を開ける。

フロア中央に楕円形《だえんけい》のテーブル。十数人が座れる。それを囲むように二人掛けと四人掛けのテーブルがある。七分ほどの入りだった。若者ばかりだ。大半はひとりで、ノートパソコンやスマートホンに見入っていた。

コーヒーを載せたトレイを二人掛けのテーブルに置く。

ダッフルコートを脱ぎ、煙草を喫いつけたところに小杉真代があらわれた。グレーのブラウスの上に黒いカーディガン。顔がほんのり赤い。走ってきたのか。

小杉が座るや、吉田は口をひらいた。

「仕事中に、ごめん」

「かまわないけど、三十分くらいしか時間がないよ」

言って、小杉がサンドイッチを頬張った。半分食べて、目を合わせる。

「急用って、何よ」

「ＮＰＯのジャンプアップライフ……真代はいまもＪＬの会員なの」

「うん。ＪＬがどうかしたの」

「被害者と接点があるみたい」

「えっ」

小杉が目をまるくした。

――さっきはごめん。殺人事件発生。しばらく忙しくなりそう――

きのう帰宅したあと、詫《わ》びのメールを送った。

吉田は顔を近づけた。となりは空席でも、他人の耳が気になる。

「被害者は人材派遣会社の社長で、派遣先のお店のリストにＪＬが載っていたの。ナイトワーク専門の派遣会社なのに」

下北沢の喫茶店で気づいた。小杉のことがなければ見過ごしていた。

小杉が眉を曇らせた。

「変ね。ＪＬは女性の代表と男性二人で運営していて、二人の職員のほかは会員がボランティアでお手伝いしているのに」

「どんな活動をしているの」

「前に話したじゃない。独身女性のサポートよ」

くわしく聞きたい。が、時間はかぎられている。話を先に進めた。

「名古屋に行った彼氏と別れたあとに入会したのよね」

「正確には三か月後よ。家のパソコンにメールが届いてさ。独身の貴女《あなた》の生活をサポートします……だったかな。なんとなく気になって。メールをして、オフィスを訪ねてみた。そしたら、すごく丁寧な対応をしてくれて、会員になったというわけ」

「………」

吉田は眉をひそめた。気になることが幾つもある。それも脇に置く。

「JLは夜のお仕事の斡旋《あっせん》をしているの」

「それはないと思う。ほかの会員のことはわからないけど。訊いてみようか」

「いいよ。真代を巻き込みたくない」

本音だ。派遣先のリストを見て小杉がうかんだけれど、連絡を取ったのはNPO法人JLに関する予備知識がほしかったからである。

渋谷にむかう電車の中で思いついたことが声になる。

「マンション購入はJLがきっかけだったと言ったよね」

「そう。JL主催の講演会だった。証券アナリストや銀行系シンクタンクの方が資産運用や蓄財をテーマに話をした。そのあと、希望する受講者は個別に話を聞くことができたんだけど、わたしはけっこう熱心に勧められた」

「どうして」

「結婚願望が希薄だと思われたのね。実際、そのころは絶対に結婚なんてするものかと思っていたし。それに、同世代の女子にしては生活が安定しているからって。その数日後に連絡があって、銀行の人を紹介された」

「銀行……不動産業者じゃなかったの」

「初めは銀行の人だった。手持ちの資金がなくても融資は受けられる……そんな話を聞いて興味が増したら、よろしければ取引関係にある不動産業者を紹介するって……とんとん拍子に話が進んだの」

「そうか」

肩がおちた。

マンションを購入する前に相談を受けた。が、口ぶりから小杉は購入を決めているふうに感じられたので、あれこれ言うのは控えた。友人とはいえ小杉の人生である。意見を言うのは差し出がましい。

投資の結末が見えたわけではないのに、後悔がめばえかけている。

テーブルのスマートホンが点滅しだした。

小杉が指でふれる。

「もう。まだ二十分しか経ってないのに」

「お店から」

「そう。まったく、人遣いが荒いんだから」

「頼りにされているのよ」

「まあね」

小杉が悪戯《いたずら》っぽく笑った。

「一緒に出よう」

吉田はダッフルコートを手にした。

「JLに行くの」

「そう。心配しないで。真代のことは話さない」

「話しても平気。悪いことはしてないもん」

あかるく言い、スマートホンを手に取った。

これまで何度、小杉の笑顔に救われたことか。

真代を悲しませるやつは手錠をかけてやる。そう思ったこともある。

JR渋谷駅の構内を通りぬけ、歩道橋を渡った。眼前に渋谷署がそびえている。階段を降りた。明治通を恵比寿方面へ歩く。スマートホンで位置を確認し、路地に入ったところで足を止めた。古そうな雑居ビルの袖看板を見あげた。

鹿取とおなじことをしている。ふいに思い、笑みがこぼれた。

外壁の階段を使って二階にあがる。手前のドアに〈NPO法人　JL〈ジャンプアップライフ〉〉と書いたプラスチック板が貼ってある。

ショルダーバッグをおろし、ダッフルコートを脱いだ。

三十平米はあるか。右に長方形のテーブル。パイプ椅子が八脚ある。左には四つのスチールデスク。壁に掛かるホワイトボードには三月と四月のスケジュールが書き込まれていた。空白の欄はほとんどない。

「こんにちは」

声を発し、女が立ちあがった。

二十代半ばか。白のタンクトップに黄土色のキュロットスカート。チェック柄のシャツのボタンはすべてはずれていた。

ほかに男がひとり。ちらりと目をむけ、すぐパソコンをさわりだした。

吉田は警察手帳をかざした。

「警察の者です」

女が近づく。表情が沈んだ。

「どのようなご用件でしょう」

「お訊ねしたいことがあって参りました」

女がふりむく。

男が椅子を回転させた。「どうぞ」テーブルのほうに移動する。

吉田は男の前に立ち、また警察手帳を開いた。

「北沢署捜査一係の吉田です。あなたは」

「申し遅れました。土屋《つちや》です」

受け取った名刺には〈NPO法人JL　事務長　土屋仁志《ひとし》〉とある。

勧められ、椅子に腰かけた。

ホワイトボードを背に、土屋が正面に座る。

女がお茶を運んできたあと、土屋が口をひらいた。

「どのような事件の捜査をされているのですか」

「殺人事案です。ムーンライトという会社をご存知ですか」

土屋が首をかしげた。

「いいえ。なにをされている会社ですか」

「人材派遣会社です。もう一度確認しますが、ご存知ないのですね」

「どうして念を押されるのですか」

土屋が不快そうな顔をした。

「派遣先のリストにここの名前があります」

担当の欄は空白になっていた。

「そんな……人材派遣会社とのおつき合いはありません」

「ここは何名で運営されているのですか」

「代表理事の森永《もりなが》と理事の根本《ねもと》、わたしの三人です。ほかに職員が二名」デスクの女のほうに顔をむける。「彼女はそのひとりです」

吉田も目をやった。

「お名前は」

「渡辺《わたなべ》です」女が答えた。

土屋が話を続ける。

「講演会などのイベントを行なうさいはアルバイトを雇いますが、会員の皆さんがボランティアで手伝ってくださるので、若干名という程度です」

「そのさいも人材派遣会社には依頼しない」

「はい。会員様の伝《つて》でことはたります」

「森永代表と根本理事はどちらに」

「所用で外出しております」

「お二人の連絡先を教えてください」

「なぜですか」

「おなじ質問をするためです」

声に苛立ちがまじった。

だらだらとした訊問は疲れる。堪《こら》え性がないのは自覚している。

土屋がテーブルを離れ、すぐに戻って来た。二枚の名刺をならべる。

「どちらにもケータイの番号とメールアドレスが記してあります」

森永弥生《やよい》と根本洋一郎《よういちろう》の名刺を胸のポケットに収めた。土屋に声をかける。

「ところで、事件には興味がないのですか」

「どういう意味ですか」

「わたしが殺人事案と言っても、反応されなかった」

「きのう、世田谷でおきた事件ですよね。ネットに流れるニュースを見ました」

「世田谷はひろいけど」

雑なもの言いになった。

「わたしの家は桜上水にあります。犯行現場は北沢署の管轄でしょう」

「なるほどね」

あっさり返した。

これ以上いるとよけいなことまで訊いてしまいそうだ。

★　★

捜査員たちが無言で去って行く。

午後七時から始まった第二回捜査会議も一時間ほどで終了した。

吉田が顔をむける。

「これからどうします」

「解散だ。帰って寝ろ」

「わかりました」

あっさり返し、吉田がショルダーバッグを手にした。

吉田のうしろ姿を見ていた城島が口をひらく。

「鹿取さん、晩飯は済ませましたか」

「つき合う」

城島がにこりとした。

通路に出た。

山賀係長と管理官が立ち話をしていた。

「おい、鹿取」山賀が言う。「仲間に迷惑をかけるな」

無視し、かたわらを通り過ぎた。

「どうしました」城島が小声で訊く。

「聞き込み先で鉢合わせた」

赤坂の飲食店でも強行犯三係の青野警部補と遭遇した。敷鑑班の半数はムーンライトの関係者と取引先を調べている。同僚との鉢合わせも、苦情がでるのも承知の上だ。毎度のことだから山賀もおざなりなひと言で済ませたのだ。

階段を降りる。

「土曜だし、この辺は気の利いた店がなくて……どこか、ご存知ですか」

「あんた、家は」

「駅で言えば、南阿佐ケ谷です」

「丸ノ内線か。中野まで足を延ばすか」

「いいですよ」

正面玄関を出て、城島がキーを手にした。

「車で通っているのか」

「普段は電車です。出動命令は自宅で聞いたもので、車で臨場しました」

「きのうは署で寝たのか」

「ええ」

城島が運転席のドアを開ける。

鹿取は助手席に乗った。


「鹿取さん」

声がして、目を開けた。

十数分前の城島とのやりとりが耳に残っていた。

――生まれはどこだ――

――熊本です――

――あんたがたどこさ、肥後さ、肥後どこさ、熊本さ……――

『肥後手まり唄』だったか。幼いころ、球磨川《くまがわ》沿いの村に生まれ育った母がよく歌ってくれた。童歌を口ずさんでいるうち眠くなった。

「中野新橋です」

言われ、窓を見た。見飽きた風景がある。

「つぎの四つ角に駐車場がある」

鹿取はシートベルトをはずした。

商店街を歩き、路地に入る。〈食事処　円〉と染め抜いた暖簾《のれん》をくぐった。

魚を煮つける匂いがする。カウンターだけの細長い店である。七分ほどの席が客で埋まっていた。近くには独身者も多いので土曜でも店は賑わう。

「いらっしゃいませ」

女将の郁子《いくこ》が笑顔で言った。

城島に声をかけたのだ。鹿取ひとりなら無視される。

客席のうしろをすり抜けた。靴を脱いで階段をあがる。

コートとジャケットをまとめて脱ぎ、座卓の前に胡坐《あぐら》をかいた。

「楽にしろ」

「鹿取さんの住まいですか」

「なんとも答えようがない」

言って、煙草をくわえる。

城島が正面に座し、ものめずらしそうな目で見回した。

六畳間に座卓と二つのローチェスト。片方には三十インチのテレビが載っている。

襖《ふすま》のむこうの八畳間は郁子の城で、深夜にときどき忍び入る。

階段を踏む音がして、郁子があらわれた。両手で盆をかかえている。

「北沢署の城島さんだ」

「初めまして。こんなむさくるしいところに、ようこそ」

言いながら、徳利とぐい呑《の》み、四つの小鉢をならべた。

「突然お邪魔して申し訳ない」

「いいえ。そういうのには慣れていますから」

郁子が徳利を持った。

城島が右手を開いた。

「すみません。車なんです」

「あら」

郁子が目をぱちくりさせた。

「腹が減った。残りもんでいい。運んでくれ」

「はいはい」

鹿取の前に徳利をトンと置き、郁子が立ち去った。

「さばさばした方ですね」

「そうかな」

そっけなく返し、徳利を傾けた。ぐい呑みをあおる。ぬるめの酒だ。

また郁子がやってきた。急須と湯飲み茶碗を置き、無言で階段を降りた。

城島が里芋の煮転がしを食べた。にこりとし、イカとアサリの饅《ぬた》も口にする。

「美味《うま》いな。鹿取さんは食べないのですか」

「これで充分よ」

鹿取は沢庵の古漬けをつまんだ。音を立てて齧《かじ》り、酒で流し込む。

「俺に話があるのか」

「そういうわけでは……なんとなく。あまりに退屈な会議だったので」

鹿取は頬杖をつき、煙草をふかした。

「活気というか、熱気というか。ちかごろの捜査会議からは感じ取れなくなりました。自分の居場所がなくなりそうです」

「…………」

愚痴や不満は聞きたくない。が、不快にはならなかった。

城島が言葉をたした。

「捜査の三種の神器……防犯カメラやNシステムの映像解析、位置情報のGPS端末、それにDNA鑑定。生身の人間には太刀打ちできません」

「本音とは思えん」

城島が目で笑った。

「おそれているのは捜査員がそう思うことです。諦めなのか、科学捜査をあてにしているのか。もっとも重要な初動捜査の段階で覇気が感じられない」

「どうしたい」

「さて」城島が首をかしげる。「足と勘が頼りのポンコツ刑事にやれるのは、科学捜査で特定した容疑者の身柄を確保し、ウラを取るくらいのものです」

「辞めたらどうだ」

城島が目を見開き、ややあって相好を崩した。

「なにがおかしい」

「何でもありません」

城島がお茶を飲む。顔に笑みが残っている。

夜の会議では検視官と鑑識員の話のあと、捜査員が捜査状況を報告した。耳を欹《そばだ》てるような情報はなかった。凶器は三十二口径のリボルバーと推定され、条痕は過去に使用されたものと合致しなかった。映像解析は進行中だという。

初動捜査はそんなものである。

科学捜査も万能ではない。遺留品から検出されたＤＮＡ、逃走したバイクに付着していた硝煙、防犯カメラの人物映像。関西でおきた飲食店経営者射殺事件では幾つもの物証を得ながらも犯人特定には至っていない。確たる証拠がないのだ。

「ぼやいて、すみませんでした」

「気にするな。ぼやきは爺《じじい》の特権よ。若い者が言えば不平不満になる」

さらりと返した。

――科学捜査で特定した容疑者の身柄を確保し、ウラを取るくらいのものです――

それがむずかしい。城島はわかっている。

郁子があがってきた。形の異なる器をならべる。

「うれしいな」城島が顔をほころばせた。「筍《たけのこ》が食べられるとは」

「この時期は南九州産なのよ」郁子が言う。

「それです。ガキのころ、掘って、食べました」

「あら、あなたも九州産なの」

「熊本の南のほうです」

鹿取は手で払う仕種をした。長話はうっとうしい。

舌を覗かせ、郁子が背をむける。

たらの芽の天ぷらをつまんだ。苦みがひろがる。

春野菜の天ぷらにグジの汐焼《しおやき》。筍とイイダコの炊き合わせには春セリが添えてある。

城島の手が忙しく動いた。

鹿取は酒と煙草で時間を流した。

箸を置き、城島が顔をあげる。

「吉田はどうです。迷惑をかけていませんか」

「こまった女だ」

「なにか粗相でも」

「心火の敵と……やくざの事務所を訪ねるさい、本人がそう言った」

城島が声にして笑った。

「またどうしてやくざの事務所に」

「俺の知り合いが何癖をつけられた」

鹿取は簡潔に事情を話した。

「ムーンライトは花岡組の資金源というわけですか」

「さあな」ぐい呑みを空ける。「被害者の周辺からはうかんでないのか」

城島は被害者の身辺を調べている。

「いまのところは……被害者は独身で、交際していた女もいないようです。実家は長野県諏訪《すわ》市にあり、被害者の両親は健在、妹は上田市に嫁いでいます。被害者は十八歳のときに上京し、外食チェーン店に勤めましたが、三年で退職。それからムーンライトを始めるまでの経歴が不明でして、親族も知らないそうです」

「男の友達《ダチ》もいないのか」

「それに関することですが……被害者はスマホとガラケーを持っていたとの証言があります。が、犯行現場や自宅、オフィスからもガラケーが見つかっていません」

「番号はわかっているのか」

「はい。複数の者から聞きました。で、照会したのですが、本人の名義ではなかった」

「闇の流通品か」

「そうでしょうね。スマホに残っているアドレスはオフィスのパソコンのそれとほぼおなじなので、仕事の関係者だと思われます」

「消えたガラケーの通話記録は調べたか」

「はい。通信会社に照会しました。北沢署の応援部隊の二人が解析中です」

捜査本部は六十七名。警視庁強行犯三係と北沢署刑事課を中核に、警視庁の機動捜査隊と鑑識課、北沢署の他部署の捜査員が投入された。

「解析が済み次第、見せてくれ」

「お安い御用です」

城島がお茶を飲み、急須を手にした。

鹿取は煙草を喫いつけてから話しかける。

「吉田だが、やくざと因縁があるのか」

花岡組事務所での吉田の表情が気になっている。目が据わっていた。顔は強張り、血の気が引いているようにも見えた。

城島が目を伏せ、すぐに直視した。

「彼女の父親はやくざに殺されました。射殺です。当時、自分と彼女の父親は渋谷署に勤務していた。渋谷センター街で挙動不審な男を見かけ、声をかけた。目撃者によると、吉田の父親が警察手帳を見せたとたん、男が拳銃をぬいた。胸部を撃たれてほぼ即死。犯人は駆けつけた警察官に逮捕されました」

「いきなり撃たれたのか」

「はい。犯人は渋谷を島に持つ紅竜会《こうりゅうかい》の組員で、抗争相手の暴力団幹部をつけ狙っていたそうです。いきなり声をかけられ、気が動転したと……冗談じゃない」

城島がくちびるを嚙んだ。

運が悪かった。鹿取にはそのひと言しかうかばなかった。

「あの子は十六歳でした」

吉田から彼女、あの子と、呼称がころころ変わる。

城島の心がゆれているのだ。

「で、四課を希望しているのか」

「はい。犯罪者が憎くて警察官になったのならまだしも、あの子はそうじゃない。日本中のやくざが親の敵なのです」

城島が悲しそうな目をした。

鹿取は口をつぐんだ。関わりたくない話である。他人の心にはふれたくない。物知り顔で犯罪者の心理を語る輩がいるけれど、何様だと怒鳴りつけたくなる。

「鹿取さん……」城島が言葉を切った。

「相棒の身は護る」

さりげなく言った。

「よろしくお願いします」

城島が頭をさげた。

つむじのあたりの毛が薄くなっている。初めて気づいた。

ほかに言いたいことがあったのだろう。

そう感じた。が、言葉を引きだしてやろうとは思わない。


ＪＲ渋谷駅の構内を歩き、南改札に近い階段をのぼる。

歩道橋がゆれている。真下の道路は混雑していた。

階段を降り、桜丘町に入った。足を止めて番地を記したメモ用紙を見る。

「こっちです」

甲高い声が届いた。吉田が手をふっている。

ゆっくり近づいた。

「満席か」

「いいえ。遅いので電話をかけたら、つながらなくて」

「気づかなかった」

官給品の携帯電話は上着の内ポケット、私物のほうはコートのポケットかセカンドバッグに入れる。どちらも着信音は消してある。

喫茶店に入った。がらんとしていた。午前十時を過ぎたところだ。

ウェートレスにコーヒーを頼み、煙草を喫いつける。

「わたしも」

吉田が言った。コーヒーカップは空になっていた。

「早く来たのか」

「会議が早くおわったので。鹿取さんは聞き込みをしていたのですか」

「おまえのメールで目が覚めた」

「………」

吉田が口を半開きにした。

「そんなことより、どこに行く」

一時間前にメールが届いた。食事処・円の二階で朝飯を食べていた。

――どこですか。会議のあと、同行してほしいのですが――

返信を送った。

――待ち合わせの時間と場所を言え――

――10：00　渋谷区桜丘町△―○×―△　喫茶店チェリー　お願いします――


食後に一服し、シャワーを浴びてからでかけた。

吉田がバッグをさぐり、パンフレットをテーブルに載せた。

上段に〈貴女の心にオアシスを〉、その下に〈NPO法人JL〉とある。

「JLは何の略だ」

「ジャンプアップライフです。十一時にJLの理事に会います」

言って、そうするに至った経緯を話しだした。

鹿取はコーヒーを飲みながら聞いた。

「きのう、JLの会員六人から話を聞きました。JLから夜の仕事を紹介されたことはないそうです。会員の講習会などでもそんな話はなかったと」

「たったの六人か。会員は何人いる」

吉田の目に角が立った。

「会員は都内だけで三千人ほどです。言わせていただきますが、三十人の家を訪ねて……一日仕事だったのです」

日曜日に部屋でごろごろしている独身女はすくないだろう。

「それがどうした。自慢になるか」

吉田の目がさらに吊りあがる。

「鹿取さんは何をしていたのですか。わたしの電話にでないで」

「家でＤＶＤを三本観た。タイトルも知りたいか」

「ふざけないでください」

吉田が怒声を発した。

ウェートレスが棒立ちになった。離れた席の客が眉を曇らせた。

「朝から怒鳴るな。俺はまともに話している」

吉田が肩で息をした。思いだしたように煙草をくわえ、火をつける。

目が泳いでいる。そんな気がした。

「どうした。何か気になることでもあるのか」

「えっ」

「そんな顔に見えるが」

首をひねったあと、吉田が口をひらく。

「自分の友人がＪＬの会員でして。被害者のパソコンにＪＬの文字を見たときはびっくりしました。でも、ご心配なく。職務にプライベートは持ち込みません」

「誰もがそう言う」

「………………」

吉田が眉をひそめた。

鹿取は視線をおとした。

パンフレットに男と女の顔写真が載っている。指でさした。

「どっちと会う。二人の経歴は調べたか」

「はい」

声があかるくなった。ファスナー付きの手帳を開く。

「代表理事の森永弥生は四十三歳。独身で、結婚歴はありません。都内の女子短期大学を卒業後、製薬会社に勤務。七年在籍したのち、風俗嬢に転身。オフィシャルサイトによれば、ソープランドに一年、六本木のキャバクラとクラブにも勤めています」

「自分で書き込んでいるのか」

「そうでしょう」こともなげに言う。「理事の根本洋一郎は四十五歳。独身ですが、こちらは離婚歴があります。私大を卒業後、広告代理店に勤務。三十六歳で退社し、IT業界を対象にした経営コンサルタントを開業。森永代表とJLを設立しましたが、コンサル業務はいまも続けているようです」

「JLの業績は調べたか」

「いいえ。土日の調査は限界があります」

「職員は」

「土屋仁志という事務長と、女性職員が二名。渡辺友香《ゆか》と大島美登里《おおしまみどり》。イベントなどを行なうときはアルバイトを雇うそうです。その人たちは会員の紹介だから、人材派遣会社に依頼することはないと……事務長の話です」

「土屋はいつからいる」

「設立時からだそうです。十年ほど前にＩＴ関連企業をやめ、数年間はソーシャルメディアの世界でアルバイトをしていたとか」

「………」

　目をつむり、鹿取は首をまわした。

「気になる点はありますか」

「ない。リーマンショックとＮＰＯ改正法が三人の人生を変えた」

「どういうことです」

「二〇〇八年秋のリーマンショックで金融業界とＩＴ業界は致命的ともいえる打撃を被った。日本の株価は大暴落し、失業者が急増した。それを救済するかのように規制緩和が行われ、ＮＰＯ法が改正された」

　二〇一二年に施行された改正ＮＰＯ法では組織を維持するための利益確保が認められ、税制面でも優遇された。さらに手続きが簡略化したことで、この年、ＮＰＯ法人は雨後の筍の如《ごと》く出現した。国会審議のさなかからザル法案と指摘されていたが、法の網を潜る者が続出し、暴力団の温床になったともいわれている。

吉田がパンフレットを見た。

「JLの設立は二〇一二年の九月です」

「根本と土屋の退職はリーマンショックが要因かもな」

「調べてみます」声に力がない。

「心配になってきたか」

「えっ」

「おまえの友だちよ」

吉田が目をとがらせた。思い直したように腕の時計を見る。

「行きましょう。時間です」

言い置き、吉田が立ちあがる。

鹿取は笑いを堪《こら》えた。

玉川通を池尻大橋方面へ歩く。道はゆるやかにのぼっている。

左折し、五十メートルほど進んだところで、吉田が足を止めた。「ここです」古そうなテナントビルに入り、エレベーターのボタンを押した。四階で降りる。

手前のドアに〈オフィス根本〉のプレートが貼ってある。

ダッフルコートを左腕にかけ、吉田がドアを引き開けた。

グレーのパーテーションに視界をふさがれた。

「吉田です」

声を発して中に進む。

十五平米ほどか。正面に合板のデスク。小窓を背に、丸顔の男が座っていた。写真よりも太って見える。髪は七三。幅広のネクタイは弛めていた。

ほかに人はいない。左側のスチールデスクはノートパソコンが置いてあるだけだ。そのうしろのスチール棚は上段に青色のファイルがならんでいる。ほかは空だ。右に四人掛けの応接セット。木製の椅子は見るからに安っぽい。

「北沢署の吉田、連れは警視庁の鹿取です」

吉田が警察手帳をかざした。

鹿取は手を後ろに組んでいる。

ようやく根本が立ちあがった。左手はズボンのポケットに入れている。

鹿取は椅子に座った。吉田が奥、根本は吉田の正面に座した。

吉田が話しかける。

「ここはおひとりで」

「事務員がいる。が、きょうは午後からの出勤にした」

ぶっきらぼうに言った。

おまえらのせいだ。根本の顔に描いてある。

「人材派遣会社のムーンライトをご存知ですか」

「知らない。電話でもそう答えた」

「では、川上洋という人物に心あたりは」

「被害者だね。記憶にない。君からの電話のあと、名刺ファイルとアドレス帳を調べた。ムーンライトも川上という名前もなかった」

根本がすらすら答えた。

「では、被害者のパソコンにNPO法人JLとあるのはどういうことでしょう」

「こっちが訊きたいくらいだよ。こう言っては亡くなられた方に失礼だが、わたしもJLも迷惑至極。きのう、森永代表と電話で話をしたが、代表は風評被害を案じていた。代表も被害者を知らないそうだ」

「森永さんには直接お話を伺います」

「代表は知らないと言ったじゃないか」

「職務です」

吉田がはねつけるように言った。

根本が右手で顎をさする。

「ムーンライトとかいう会社とJLに接点でもあるのか」

「なんともお答えできません。捜査に支障を来します」

「そんな言い方はないだろう。わたしどもは迷惑を被っているのだ。警察の捜査には協力する。が、不愉快になる言動は許せない」

「愉快になる話は持ち合わせていません」

「なにっ」

根本が目くじらを立てた。

鹿取は笑いそうになった。

吉田は表情を変えない。

「では、神崎稔《みのる》と牛島昇《のぼる》という名前に憶えはありますか」

「どこの誰かね」

「ご返答ください。憶えがありますか」

「ない。君は無礼だ」

根本が腰をうかした。

立ちあがる前に、吉田が口をひらく。

「ご協力、ありがとうございました。またの折もよろしくお願いします」

「もう会う必要はないだろう」

投げつけるように言い、根本が席を蹴った。

東京メトロ銀座線と千代田線を乗り継ぎ、赤坂駅で降りた。

路上に出て、吉田に話しかける。

「腹が減った。蕎麦でいいか」

「はい」

国際ビルを過ぎて、左の路地に入った。

突きあたりの角に赤坂砂場という蕎麦屋がある。たまに松本と行く。

「食事は割勘でお願いします」吉田が言う。

「好きにしろ」

鹿取は立ち止まった。周囲を見渡す。

「どうしました」

答えず、国際ビルの敷地に入った。煙草をくわえ、火をつける。

「もう」

あきれたように言い、吉田が携帯灰皿を手にした。

「食べたら、花岡組の中井に会う。おまえはどうする」

「もちろん、同行します」

「猿になれるか」

「日光の猿ですか」

「ああ。それなら連れて行く」

「わかりました」

吉田が素直に応じた。鹿取は首をすくめた。どれが吉田の素なのか。まだわからない。

「すみません」吉田がぺこりと頭をさげる。「ごちそうになって」

「算数は苦手か」

二人とも二種類の汁で四枚のザル蕎麦と玉子焼きを食べた。品書きの値段は他店とそう変わらないけれど、一枚のザルの量がすくない。

「おいしくて、つい忘れてしまいました」

「うまけりゃそれでいい」

鹿取は溜池方面へむかって歩きだした。

吉田が肩をならべる。

「中井のことを調べたのですか」

「予備知識は持たん」

「それでは訊問できないでしょう」

「吐かせる。それより、ＪＬの代表にいつ会う」

「あしたの午前中です。週末に京都と大阪で講演があったらしく、きょうの夜に戻ってくると聞きました」

「売れっ子なのか」

「そのようです。ＳＮＳをうまく活用しているのでしょう」

「ふーん」

曖昧に返した。

ものを売るのも顔を売るのもネットの時代である。文字と写真や動画だけのツイッターやブログで何がわかるのかと思う。が、それを信じ、すがる人もいる。他人がつべこべ言うことはない。すべて自己責任。自業自得である。

なだらかな坂をくだり、右に折れた。人通りがすくなくなった。

七階建てのマンションに入り、メールボックスを見た。四〇四のネームプレートに〈赤坂企画〉とある。投函口からチラシがはみだしていた。

「アポは取ったのですか」

吉田の問いに答えず、エントランスの台座のボタンを押した。

《どちらさまで》

男の声がした。

「開けろ。警視庁の鹿取だ」

すぐに自動ドアが開いた。

エレベーターで四階にあがる。

通路に男が立っていた。紺色のスエットの上下。見覚えがある。赤坂みすじ通の地面に寝そべった男だ。鼻の下に痣《あざ》が残っている。

リビングに案内された。

中央にコーナーソファがある。中井がひとりで座っていた。

ワインレッドのサイドボードに高価なボトルときらめくグラスがならんでいる。九十インチほどのテレビとゴルフセットが二つ。きれいな部屋だ。

「羽振りがよさそうだな」

声をかけ、鹿取は黒革のソファに腰をおろした。サイドテーブルをはさんで、中井とは手が届く距離だ。となりに吉田が浅く座る。

「ずいぶんのんびりで。待ちくたびれたわ」

「雑魚は後回しよ」

ぞんざいに言った。

花岡組の事務所を訪ねて丸二日が過ぎた。花岡が中井から事情を聞くのは想像するまでもなく、中井の出方を窺《うかが》ったのだった。松本の件がある。けさ、M&Mのオフィスに電話をかけ、松本の妹と話をした。この数日、中井から勧誘の電話はないという。

さっきの男がお茶を運んできた。ほかに人はいない。

煙草を喫いつけてから言葉をたした。

「そんなに協力したけりゃ署でじっくり話そうか」

「そちらのきれいな人とならひと晩でも……」

腰をうかし、右の拳を伸ばした。

中井が顔をゆがめる。くちびるから血が滴った。

「なにしやがる」

スエットの男が咆哮《ほうこう》し、中井に駆け寄った。

それを邪険に手で払い、中井がサイドテーブルのティッシュをつまむ。くちびるにあてたあと、唾を吐いた。ティッシュが血に染まった。丸め、投げ捨てる。

「きょうは拳銃を抜かんのか」

中井が薄く笑った。

「舐《な》めるな。被害者とはどういう仲だ」

「ちょっとした知り合いよ」

「身内か」

「あほな」

中井が小馬鹿にしたように言った。

「仲介料で飯が食えるのか」

「あれはボランティアや。ちんけなかすりで食うほどおちぶれてへん」

「そうかい。被害者とはいつからの縁だ」

「ことしの一月の後半やった。六本木のＳＧというキャバクラで隣り合わせになった。係の女がおなじだったもんで、一緒に飲んだわけよ」

「女の名前は」

「彩乃《あやの》……彩りに、乃木坂の乃や」

なめらかなもの言いだ。

準備は万端ということか。それでも吉田が手帳に書き留めている。

「そのとき、しのぎの話になったのか」

「しのぎやない。頼まれたんや。つぎの週、晩飯に誘われた。西麻布の味楽やったか。評判の割烹店《かっぽうてん》という割にイマイチで……」

「聞いてない。要点だけ話せ」

中井が舌を打ち、顔をゆがめた。

「赤坂の店を紹介してほしいと頼まれた。謝礼の話もでたけど、受け取るわけがない。彩乃も一緒やったさかい、聞いてもらえばわかる」

「おまえをやくざと知った上で頼んだのか」

「本人に訊け」

中井がにやりとする。

くそ。鹿取は胸で毒づいた。

「何軒の店を仲介した」

「顔なじみの店を二十軒ほど」

「ほかに頼まれたことはあるか」

「どういう意味や」

「訊いているのは俺だ。面倒をかかえているとか、威《おど》されているとか」

「それはなかった」

「被害者と最後に会ったのはいつだ」

「二週間ほど前に。舌がぬけるほど美味い店に連れて行ったわ。不味《まず》い店でもゴチになった。礼を返すのは男の務めよ」

「ご立派なことで」

鹿取は首をまわした。苛々する。

やくざと成金は見栄を張りたがる。気質は死んでも直らない。

「そのときの様子は」

「憶えてへん。男の顔色なんかに興味はない」

「そうかい」顔を寄せた。「俺の顔色はどうよ」

中井がのけ反った。

「邪魔したな」

吉田を目でうながした。

「アリバイは言わんでもええんか」中井が言う。

「おまえに拳銃《チャカ》を弾けるとは思えん」

にべもなく返した。


「喧嘩を売りに来たのですか」

路上に立つなり、吉田が言った。

「売るもんじゃない。喧嘩は買うんだ」

吉田が目をしばたたいた。

「やつは完全防御だな」

「シロだと」

「どうかな。防御するにはわけがある」

「…………」

吉田が口をまるくした。

「きょうはこれまで。解放してくれ」

「またさぼるのですか」

「昼寝は趣味よ。またな」

吉田がため息をこぼした。

ソファに両足を投げだした。赤坂のカラオケボックスにいる。M&Mに寄ろうかとも思ったが、誰とも話をしたくない気分が勝った。
煙草をふかし、水割りのグラスを手にしたところに携帯電話がふるえた。
《俺だ》
上司の山賀係長。最初のひと言はいつもおなじだ。
《なにをしている》
「一々訊くな」
《また騒動をおこしたのか》
「ん」
中井か。そんなわけはない。

《弁護士から抗議がきた。北沢署の署長がおかんむりだ》
「誰の依頼だ」
《ＮＰＯのＪＬよ。被害者とは一面識もなく、ムーンライトとの取引もないのに、被疑者のような扱いをされたと》
「ほうっておけ」
《あたりまえだ。おまえのやることに一々反応していたら身が持たん》
「それなら電話をよこすな」
《本題はこれからだ。赤坂の花岡組を知っているか》
「聞いたことがある。あそこがどうした」
《被害者とつながった。で、花岡組の中井という男を任意で引っ張ることになった》
「ふーん」
おどろきはない。捜査本部が花岡組にたどり着くのは想定内だった。ムーンライトの派遣先リストに載る赤坂の店舗を訪ねれば花岡組の名前を耳にする。その予測があったから週明けのきょう、中井に会った。
《おまえが行くか》
「ほかにまわしてくれ。あいにく俺は忙しい」話している間に思いうかんだ。「手元に派遣先のリストはあるか」

《ああ》

「渋谷と六本木、赤坂の店との契約年度はわかるか」

すこしの間が空いた。

《渋谷と六本木の店は設立時から二、三年がほとんどだ。赤坂のほうはことしの二月に集中している。それがどうした》

「たいしたことじゃない。もうひとつ頼みがある。JLの代表理事の森永弥生、理事の根本洋一郎、事務長の土屋仁志。三人の詳細な経歴を調べてくれ」

ゆっくり話した。

《わかった。その代わり、抜け駆けはするな》

最後のひと言も毎度の台詞《せりふ》だ。山賀は三度の飯よりも点数をほしがる。そのおかげで、鹿取は好き勝手にしていられる。

恩に着せることか。言いそうになった。

どうせ住民基本台帳で調べるのだ。犯歴、渡航歴、病歴は元より、銀行の入出金明細、資産状況まで載っている。捜査名目で手続きを踏めば閲覧することができる。

通話を切った。

あわただしくなりそうだ。水割りを飲み、携帯電話を持ち直した。記憶力には自信がある。中井が言った番号を押した。

子犬を連れた女が近づいてくる。チャコールグレーのキュロットスカートにオフホワイトのパーカー。髪は引詰め、ヘアバンドで留めている。身なりは電話で聞いた。犬の散歩のついでか。吹きさらしのカフェテラスを指定した理由もわかった。

鹿取は苦笑を洩らし、女にむかって手を挙げた。

まるい顔に笑みがひろがる。客と会うような気分なのか。

「刑事さんですか」

あかるい声に、となりの席の中年女が顔をむけた。こちらも犬と同伴だ。

「彩乃です」

言って、リードを椅子に縛った。

犬が鹿取の靴に鼻を近づける。くしゃみをするような顔をして離れた。

ウェートレスにコーヒーを頼んだ。

「わたしはロイヤルミルクティー。それと、ミルク」

「温めですね」

ウェートレスが笑顔で言った。彩乃は常連客なのだろう。

「やくざの中井は知っているね」

やさしく言った。そのうち地がでる。

「はい。お客さんです」

「よく来るのか」

「月に三、四回。同伴もしてくれます」

「いつからの客だ」

「わたしがSGに入ってすぐだから三年前です。ヘルプで席に着いたのですが、気に入ってくれて。前の係の人が辞めたので、わたしが係になりました」

「あ、そう」

中井と同類か。訊かないことまで喋る。

ウェートレスがトレイを運んできた。

彩乃がパーカーのポケットから小皿を取りだした。ミルクを注ぎ、足元に置く。

「いつも持ち歩いているのか」

「ここにくるときは。お店の皿では悪いもん」

あっけらかんと言った。

鹿取はコーヒーを飲んだ。神経が持ちそうにない。屋外なのに煙草が喫えない。

「被害者とも長かったのか」

先の電話で「殺された川上さんのことで話を聞きたい」と伝えた。

「半年ほどです」

「店で気に入られた」

「ええ。ＳＧの常連様に連れてこられたみたいでした」

「ＳＧは何の略だ」

「ショッキングガール。六本木では一番のお店」

彩乃の小鼻がふくらんだ。

お化け屋敷か。からかうのもばからしい。

「連れてきた客の名前は」

彩乃が首をひねる。

「憶えていません。わたしの客ではないので」

「誰の客だった」

「さあ。忘れました」

もの言いが変わった。表情も沈んだ。想定外の質問なのだ。

「被害者と中井の関係は知っているな」

「はい。わたしがくっつけたようなものです」

「被害者だが、ほかに誰と来ていた」

「ほとんどひとりでした」

「連れがいるときもあったわけだな」

彩乃が眉尻をさげた。

「正直に答えろ。殺人事件の捜査なんだ」

「たまに二、三人連れで。お仕事関係の人だったと思います」

「名前と職業は。名刺をもらっただろう」

「もらいました。でも、連絡しませんでした。家に残してあるかどうか……川上さんは焼餅焼きで、連れて来た客に連絡するなと言われていました」

「中井には焼餅を焼かなかったのか」

「………」

彩乃があんぐりとした。目もまるくなった。

「話を戻す。さっき被害者と中井をくっつけたと言ったが、被害者は中井を警戒しなかったのか。中井はどう見ても堅気とは思えん」

「そう言われても……わたしと中井さんが話をしているとき、となりの席にいた川上さんがちらちら見ていた。それで、わたしが経営コンサルタントの中井さんだと教えたら、川上さんが名刺を手に挨拶をしたんです」

「中井はコンサルと名乗っているのか」

「名刺にはそう書いてあります」

「あんたはやくざだと知っていた」彩乃が頷くのを見て、話を続ける。「なのに、被害者にはそのことを言わなかった。なぜだ」

「損するもん」

「どういう意味だ」

「ほかの子とはお仕事のやり方が違うの。ホステスとお客さん……水商売は点と点のお仕事みたいに言われているけど、それだと縁が切れたらそれまで。わたしは、お客さんどうしをくっつける。もちろん、全員じゃないよ。お客さんのお仕事に得すると思って、お客さんも興味を示したらそうする」

　話しているうちに彩乃の目が熱を帯びてきた。

「被害者は中井に興味を持ったのか」

「中井さんが赤坂の個人事業主を相手にお仕事をしていると言ったからよ。川上さんは赤坂の景気はどうかとか、いろいろ訊いていた」

「いつのことだ」

「一月のおわりでした。つぎの週だったか、三人で食事をしました」

「そこで商談成立か」

「そのときはまだ……わたし、お客さんのお仕事の話には口をはさみません」

　鹿取はコーヒーを飲んだ。冷めていた。

「ところで、暴対法と暴排条例を知っているか」

「何ですか、それ」

「暴力団は利益を得ることを禁じられている。どんなことでも不正に利益を得たと認定される。その暴力団に利益をもたらした者も処罰の対象になる。つまり、中井がやくざだと知っていて、被害者とくっつけたあんたも罰せられる」

「そんな」

「法は法だ」

「知らなかった」彩乃が前のめりになる。「ほんとうなんです、刑事さん」

見る見る顔が青ざめた。

鹿取は椅子にもたれた。彩乃は語るに落ちた。

己に自信のあるやつは墓穴を掘る。とくに、成り上がり者はそうなりやすい。自信の根っこが脆弱《ぜいじゃく》なことに気づいていないのだ。

中井もあまい。彩乃なら自分に不利になることは話さないと高を括《くく》っていたか。

おかげで思わぬ収穫を得られそうだ。

姿勢を戻し、彩乃を見据えた。

「成金セレブでいたいのなら、俺に協力することだな」

彩乃の細い眉がさがった。いまにも泣きだしそうだ。

「どうすればいいのですか」

「まずは知っていることを正直に話せ」

「どんなことを」

「被害者のケータイの番号は知っているか。ガラケーのほうだ」

「はい。スマホは仕事用で、プライベートはガラケーだと話していました」

「いつ知った」

「最初に会った日です」

「半年前と言ったな。去年の何月だ」

「十月末です。お店はハロウィーンパーティーをやっていました」

鹿取は頷いた。

紛失した被害者の携帯電話の発着信履歴で確認する。その前後の通話記録を見れば、彩乃の証言のウラが取れる。ＳＧに出入りする連中の素性が知れるかもしれない。

「あんたのケータイの番号はそのころとおなじか」

「最初に購入したときからおなじです」

鹿取はテーブルを指さした。彩乃の前にスマートホンがある。

「ケータイはそれひとつか」

「そうです。スマホに切り替えるとき、ガラケーは処分しました」

手帳を取りだし、ボールペンを持った。

「虎ノ門ヒルズに住んでいるのか」

眼前に虎ノ門ヒルズが聳《そび》えている。地上五十二階、地下五階の複合ビルである。三十七階から四十六階までが住居になっている。

「いつか住みたいです」

彩乃が斜め前方を指さした。

「いまは左側の茶色のマンション。２ＬＤＫで、家賃は三十八万円です」

二十階はあるか。陽光にきらめいている。

「たいしたもんだ。住所を教えてくれ」

「虎ノ門一丁目△○―×△―○×の○××△。本名は杉江《すぎえ》彩乃。わたし、自分の名前が好きだから、お店でも本名を使っています」

口調が滑らかになった。一度身についた癖はなかなか抜けない。

「よかったな」

ほかに言葉がうかばなかった。

名刺に私物のほうの携帯電話の番号を書いた。

「俺と会ったことを中井に報告するんだろう」

「一応……そう言われましたから。まずいですか」

「報告してもいいが、俺と手を組んだことは話さんほうがいい」

「…………」

「あいつがやくざだということを忘れるな。また、連絡する」

伝票を手に立ちあがった。

退屈なのか。小犬が鼻を舐めていた。

★　★

ダッフルコートを着たままＣＤボックスを開けた。三百枚以上ある。大半は父が買ったものだ。迷わず一枚を手にした。

OSCAR PETERSON TRIOの『WE GET REQUESTS』。普段はビバップやニュージャズを聴くことが多いけれど、疲れて帰宅したときはオーソドックスな演奏のスタンダードナンバーを選ぶ。『CORCOVADO』が流れだした。ハミングしそうになる。

ジャズは演奏の上手下手ではないと思う。身体に心地よければそれでいい。たまに聴くオールドスタイルのジャズは原っぱに寝そべっているような気分になる。

「ごはん、できたよ」

母の声がした。

返事をし、服を脱ぐ。ゆったりとしたニットシャツを被り、七分丈のデニムパンツを穿《は》く。煙草《タバコ》を諦めて、部屋を出た。階段を降りる。

三十五坪の敷地に木造二階建て。庭もある。

警察の共済組合と銀行から融資を受け、父が建売住宅を購入した。吉田が中学三年のときだった。高校進学を控える娘にいい環境の部屋を与えるためだったと聞いている。

一年後、父は帰らぬ人になった。

仕事帰り、父は渋谷の宇田川町にでかけた。

――あすは女房の誕生日だと言ったので、買い物に行ったんだと思う――

遺体が自宅に帰って来た日、父と仲がよかった城島が言った。

上着のポケットには数種類の花の種があった。「はずかしそうに入って来て、ワンピースを選んでいました」現場近くのブティックの店員の証言だ。

目撃者によると、父は路上で男に声をかけたという。男はわめきながら発砲した。「取り押さえることも、身構えることもできなかったと思う」そう証言した。

ほぼ即死だった。心臓を撃ち抜かれていた。

勤務時間外でも警察官の職務をまっとうして殺された父が哀れでならない。警察官の矜《きょう》持《じ》が仇《あだ》となった。不条理を覚えながらも吉田の憤怒の矛先は暴力団にむいた。

二階級特進し、父は警部として殉職した。

しかし、路頭に迷わずに済んだ。警察組織の手厚い保護を受けた。退職金のほかに特別賞恤金《しょうじゅつきん》と称する弔慰金も受け取った。共済組合の遺族年金も支給された。母の仕事先も斡旋《あっせん》してくれた。母はいまもホームヘルパーとして働いている。

憎悪と謝意。警察官になった理由である。


ダイニングテーブルに湯気が立っていた。

「時間がなかったから鍋にした」

母が言った。

俎板《まないた》に刃音を立てている。

吉田は卓上コンロに載る土鍋を覗《のぞ》いた。牡蠣《かき》鍋だ。腹が鳴った。

「ビール、飲むよ」

母に声をかけ、冷蔵庫から缶ビールを取りだした。食器棚からグラスを二つ。母の席の前にも置いた。家ではたまにしか飲まない。

母が手を拭い、まるい皿を運んできた。大根と茄子《なす》と茗荷《みょうが》。糠漬《ぬかづ》けは父の好物だった。

父が生きていたころからの糠床を使っている。

ビールを注ぎ、咽《のど》を鳴らした。

母もひと口飲み、目を細めた。

ちかごろ、母はやつれたような気がする。

「お仕事、つらくなってきたの」

「ずっと、つらいよ」笑顔で言う。

ホームヘルパー一級の資格を得たあと、母は特別養護老人ホームで仕事をする回数が増えた。過酷な労働だが、一般の老人ホームや在宅よりも賃金がいいという。

——心配しないで。あなたはわたしの手で育てる——

母の言葉は憶えている。

母は父の遺産に頼らなかった。その代償は母の身体をむしばんだ。たまの贅沢《ぜいたく》と言って月に一度のマッサージを受けている。手首の腱鞘炎《けんしょうえん》は慢性になった。

「もうむりしなくていいのに」

「裕美の世話にはなりません」

何度も聞いた。

家の牡蠣鍋は味噌《みそ》仕立てだ。お玉で掬《すく》い、具材をとり皿に移した。柚子《ゆず》を絞る。冬の終わりの牡蠣は旨味が詰まっている。火傷《やけど》しそうだ。ビールを飲み、またつまむ。

「裕美のほうはどうなの」

「犯人はわたしが捕まえる」

「聞き飽きた」

母がおどけ口調で言った。

「でも、大丈夫かな」

「なにが」

「犯人は拳銃を持っているのでしょう」

控え目なもの言いになった。

気持はわかる。

「心配ないって。用心しているから」

言って、顔をしかめた。父も用心していたはずである。あわてて言葉をたした。

「頼もしい相棒と一緒なの」

鹿取の経歴をかいつまんで話した。

「よけい心配になってきた。よく免職にならないね」

「わたしもそう思う。だから、警察データを調べたの。見て、びっくり。かつては警視庁公安部に所属していた。北朝鮮や新興教団が絡む難事件を解決し、一時期は警察庁直轄の極秘任務にも携わっていたみたい。それなのに、どういうわけか、刑事部に転属させられた。しかも、二十年間、警部補のままなのよ」

「へえ」

母が頓狂な声を発した。

「気になって、城島さんに訊《き》いたの。そしたら、警察の機密情報を知りすぎたんだなって……あげく、飼い殺しになった。そう言って、笑っていた」

「笑ったの」

「うん。城島さんは鹿取さんを尊敬しているみたい」

「………」

母が目をぱちくりさせた。

「だから、大丈夫」

「でも、粗暴なんでしょう」

「まあね」

吉田は曖昧に返した。

やさしい面もある。切れ者だと思う。

そんなことを言えば、母はなおさら心配するだろう。

一階の居間でテレビを視ながら母と雑談してから部屋に戻った。

ミニコンポのＣＤを取りだし、ＣＤボックスを開ける。迷ったあと『STILL LIVE』を手にした。KEITH JARRETT TRIO のライブ盤。長く現代ジャズの頂点に立つトリオの作品の中でも評価が高い。けれども、吉田はほかの作品のほうが好きだ。音が強い。張り切り過ぎだと思う。それでもたまに聴きたくなる。

窓際の籐椅子《とういす》に座った。父が愛用していたものだ。仕事が休みの日の父は家で過ごすことが多かった。縁側の籐椅子に身を預けて、ぼんやりしていた。家では口数がすくなく、もの静かな人だった。

部屋にはベッドと高校時代から使っているデスク。六段のチェストの上にミニコンポが載っている。籐椅子のかたわらにガラス板のテーブル。壁に飾り物はなく、衣服やバッグなどはクローゼットに収めてある。

煙草を喫《す》いつけ、籐椅子にもたれた。一時間ほどぼんやりして風呂に浸かり、寝る。警察官になって以降の、長い習慣になった。

いい歳の女が何をしているのだろう。ときおり、思う。

ここ数年、彼氏がほしいと思ったことはない。学生時代の彼氏の顔は忘れた。ずっとそばにいたい時期もあった。結婚を夢見たような気もする。が、警視庁の第一回採用試験が始まる半年前になると、彼氏と一緒にいる時間がとてもむだなように思えだした。誘われてもことわるようになり、いつしか彼氏からの連絡は途絶えた。

観客の拍手のあと『THE SONG IS YOU』が流れだした。

煙草の灰を灰皿におとしたとき、テーブルのスマートホンが点滅した。官給の携帯電話とならべてある。スマートホンは常にマナーモードにしている。

手に取った。小杉だ。画面のデジタルは22:45。耳にあてる。

「真代、どうしたの」
《いま、平気》
「うん。家にいる」
《よかった》
吐息が聞こえた。
「上司にまたはっぱをかけられたの」
《それはない。でも、へこんでいる》
「どうして」
背を椅子から離した。CDの音量をさげる。
《ネットの掲示板に嫌なことが書き込んであって。三十代の女の人が銀行に勧められて中古マンションを買ったんだけど、一年以上も借り手がないってグチっているの。それに皆が反応して、自分もおなじ状況にあるとか、それは詐欺に遭ったんだとか……そういうのが延々と続いて、騙すほうも悪いが騙されるあんたも悪いとか……嫌になる》
「そんなものは見るな」声がとがった。
《だって、おなじ立場だもん》
「真代は、まだ三か月でしょう。前にも言ったけど、これから引っ越しシーズンよ」
《そのことじゃなくて、おなじ銀行なの》

「えっ」
《東明銀行。グチっている人も、おなじ状況の人も……背に腹は代えられずに物件を安値で売って、六百万円のローンが残ったという人もいる》
「…………」
返す言葉がうかばない。
《ねえ。わたしも騙されたのかな》
「投資が成功した人はいないの」
《わからない。掲示板は失敗した人と、それをとやかく言う人ばかり》
ふいに思いうかんだ。
「ＮＰＯのＪＬのことはどう」語尾がはねた。
《えっ。それ、どういう意味よ》
小杉の声が強くなった。
吉田は顔をしかめた。つい声になった。
「意味はない。思いついただけ」
《ほんとうに。わたしには隠さないでね》
「あたりまえじゃない。ねえ、真代。あしたかあさって、会おう」
《お仕事、大変なんでしょう》

「なんとかなる。いまは決められないけど、必ず連絡する」

《わかった。ありがとうね》

「お願いだから、もうネットは見ないで」

《そうする》

通話を切った。ため息がこぼれた。

演奏はおわっていた。灰皿の煙草は火が消えていた。

頭の中が霞《かす》んでいる。SNSに流れる情報を鵜呑《うの》みにはしない。事実であろうが、虚言妄言の類であろうが、人心を惑わせることに変わりはない。誹謗中傷《ひぼうちゅうしょう》する側もされる側もそれを失念している。忘れたのでなければ、もはや人間ではない。

人の心は脆《もろ》い。SNS上の騒動が犯罪に発展した事案に接するたびそう思う。

ジャズを聴く気になれなかった。浴室に行くのもわずらわしい。

ベッドに移り、仰向けになった。

渋谷区道玄坂にある渋谷エクセルホテル東急のビルに入った。五階にあがる。

ラウンジは天井が高い。ひろい窓からは渋谷の街が一望できた。

コーヒーを注文し、出入口に目をやった。

ほどなく女があらわれた。ブラウンのシャツにアイボリーのスーツ。手にエルメスのバッグを提げている。脇見をするでもなく、立ち止まった。

吉田は腰をあげ、女に近づいた。

写真を確認するまでもない。ＮＰＯ法人ＪＬの森永代表である。

挨拶を交わし、席に案内した。

森永が窓を背に座った。

「ピーチカモミールを」従業員に言う。

「お忙しいところを恐縮です」

「警察に協力するのは市民の義務です」

森永が笑みをうかべて言った。

「ご苦労様。大変なお仕事ですね。あなたは独身ですか」

「ええ」

吉田は面食らった。いきなりそんな質問をされるとは予想もしていなかった。

「結婚のご予定は」

吉田は首をふった。

答えるも何も、話の展開について行けない。

「そう。あなたも自立志向が強いのね」

「そういうわけでは……いまのところ、縁がなくて」

森永が目を細めた。

「私生活は充実していますか」

「ええ。そう思います」

「機会があれば、うちの講習会を覗いてみませんか」

「………」

返答に窮した。森永のペースに嵌《はま》っている。視線をそらした。

そこへ従業員がティーカップを運んできた。

森永が手に取る。

助かった。森永がカップをソーサーに戻すのを見て話しかけた。

「質問に入らせてください。人材派遣会社のムーンライト、もしくは川上洋という男性に心あたりはありますか」

「いいえ」

「JLがムーンライトに依頼したことは」

「ないです」

笑顔が消えない。憎たらしいほどの余裕を感じる。

「では、ムーンライトのほうから接触してきたということは」

「なんともお答えできません。いろいろな企業様、事業主様からご連絡をいただいているようですが、対応は一切合切、事務長の土屋にまかせています」

「その事務長と話されなかったのですか。きのうお会いした根本さんは事件のことで森永さんと相談したとおっしゃいましたが」

「確かに。土屋からも連絡がありました。けれど、わたしは関西にいたので、詳細は東京に帰ったあとオフィスで聞くと伝えました」

森永がよどみなく答えた。

ため息がでそうだ。気を取り直し、話題を変えた。

「ところで、森永さんはいろんな経験をされたようですね。ネットで拝見しました」

「あら」声がはずんだ。「わたしの経歴に興味がおありですか」

「正直、すこしおどろきました」

「風俗で働いていたことね」

「ええ、まあ」

あいかわらず気圧《けお》されている。

「皆さん、生きるために働いています。人それぞれに出自、生い立ちがあり、生きてきた環境も異なる。本意ではない仕事に従事している人もいる。あなたも、警察官になったのにはそれなりの理由があるでしょう」

「はい」

「わたしは、働く業種によって人を判別するのはおかしいと思う。わたしの経歴をあきらかにしたのはその主張に説得力を持たせるためです」

もの言いが硬くなった。

講演ではこういう話し方をしているのだろうか。そんなふうに感じた。

「自分の人生に満足している方も、そうでない方も……自立している独身女性の心に潤いを……そういう思いで、ＪＬを設立しました」

「すばらしいです」

臆面もなく言った。

「あなたにそう言われて、うれしいわ。これをご縁に仲よくしましょう」

「いまは職務が最優先です」

「そうね。お仕事、がんばってください」

「はい。この先も連絡することがあるかもしれません。よろしくお願いします」

吉田は頭をさげた。

きょうはこれで引きさがるしかない。森永や根本を相手にするには手持ちの情報がすくなすぎる。事務長の土屋をふくめた三人の事件への関与を疑っているわけではないが、依然として疑念は残っている。なぜ、ムーンライトの派遣先リストの中にＮＰＯ法人ＪＬの名前があったのか。それを解明したい。

森永をラウンジに残し、渋谷エクセルホテル東急を去った。

路上に立ち、天を仰いだ。

森永と話しているうち父の言葉を思いだした。

――弁の立つ人は信用できない。とくに、自分を強く主張する人は――

中学三年のころだったか。「おとうさんは喋《しゃべ》るのが苦手なの」そう訊いたときの返答だった。無口な人に警察官が務まるのか。そう思っての質問だった。

――言葉より行動かな。人の行動を観察していると、その人の心が透けて見えるときがある。刑事の悪い癖なのかもしれないが――

そう言って、父は照れくさそうに笑った。

ため息をつき、ダッフルコートを着た。きょうはモスグリーンにした。

すこし歩いたところで、携帯電話がふるえた。手に取る。鹿取だ。

「おはようございます」

午前十時に森永と会う約束をした。朝の捜査会議をおえ、渋谷にむかったのだった。

《訊問はおわったか》

「はい。ついさっき」

《あと十五分で渋谷に着く。ハチ公の前にいろ》

通話が切れた。

吉田は携帯電話を見つめた。勝手な人だ。けさの会議にも参加しなかった。

★　★

道玄坂の途中にある喫茶店に入った。客はすくない。壁際の席に座る。

鹿取はコーヒーを注文し、煙草を喫いつけた。

吉田も煙草をくわえた。うかない顔をしている。

「煙に巻かれたか」

「えっ」吉田がぽかんとした。「図星です。むこうのペースに巻き込まれて、頭に用意していたことの半分も訊けませんでした」

「よけいなことをするからだ」

「どういう意味ですか」

「相手も予習する。想定どおりに行くわけがない」

吉田がうらめしそうな目をした。

「鹿取さんはどうするのですか」

「臨機応変よ。口がだめなら、手をだす」

「まじめに答えてください」

吉田はすぐむきになる。もう慣れた。

「事件がらみで気になる話はなかったのか」

「ありません。とにかく話し上手で、うまくいなされた感じです。わたしが独身なのにかこつけて、勧誘される始末です」

笑いを堪《こら》えた。吉田は自分に立腹している。

「捜査本部《チヨウバ》に動きはあったか」

「はい。バイクが発見されました。昨夜のことです。犯行現場から西へ三キロほどの、住宅街の空地に乗り捨ててあったそうです。近くの住民からの通報で見つかりました。まだ公表はしていませんが、犯行現場から去ったのとおなじバイクだということです」

バイクは盗難車で、所有者は被害届を提出していた。捜査員はバイクが発見された現場近くで聞き込みを行なっているとも言い添えた。

「ほかには」

「ムーンライトおよび取引先の関係者からはめぼしい情報を得られていないようです。被害者の交友関係も同様です」

鹿取は頷《うなず》いた。

――人嫌いだったか、オタクだったか。被害者には友人といえる人物がいない。おなじマンションの住人も挨拶以外の言葉を交わしたことがないそうだ――

強行犯三係の山賀係長の話だ。先刻まで梅丘の喫茶店で会っていた。

「被害者の交友関係をあたっているのは誰だ。ムーンライトで鉢合わせた男か」

「うちの坂本主任は仕事関係の担当です。廣川警部補だと思いますが、鹿取さんは同僚の動きを知らないのですか」

「人嫌いでな」煙草をふかした。「廣川なら手の内を見せん」

「情報を隠していると」

「捜査一課の連中は個人事業主よ。詰めの段階で連携するが」

「まったく」

あきれた顔で言ったあと、何かを思いついたように言葉をたした。

「有力な情報を隠しているのでしょうか」

「どうしてそう思う」

「被害者は交際範囲がせまかった。未《いま》だ被害者の経歴の全容はわかっていません。被害者がどういう経緯でムーンライトを設立したのか、気になります」

鹿取は目を細めた。

「専務の神崎はどう証言した」

吉田が手帳を取りだした。ページを捲《めく》る手が止まる。

「神崎稔は六本木のショーパブの従業員でした。被害者とは店で知り合って親しくなり、ナイトワーク専門の人材派遣会社を一緒にやらないかと持ちかけられたそうです」

「設立の資金は」

「被害者が用意したそうです」

たいした額ではないだろう。

合同会社は資本金がゼロでも設立できる。設立申請に必要なのは、設立登記申請書、定《てい》款《かん》、代表社員の印鑑証明等の数点である。司法書士などに書類作成を依頼すれば経費がかかるけれど、数万円程度という。あとは事務所費用と人件費、サイトの運営費、営業のための経費くらいか。

「被害者の過去は話さなかったのか」

「捜査会議で報告はありませんでした」

「神崎に訊問したのは……廣川か」

「そうです」

鹿取は首をまわした。

やはり肝心な点は報告していない。問い質《ただ》さない幹部連中もどうかしている。合同会社の設立も、サイトの運営も誰もが簡単にできる。そう思い込んでいるのか。

「調べましょう」吉田が言う。

「ひとりでやれ」

「ええっ」

「俺は、ほかにやることがある」

「何ですか」

「一々訊くな。けさの会議で、ＪＬに関する報告はあったか」

「いいえ。わたしの担当です」

「なら、おまえの怠慢だ」

「どういうことですか」

吉田が声を荒らげた。眦《まなじり》がつりあがる。

「理事の根本には逮捕歴がある」

「ほんとうですか」

「ああ。有印私文書偽造および偽造私文書行使の容疑だ」

「つまり、詐欺ですか」

「捜査員はそれを視野に入れていたようだ。根本は架空の金融商品をでっちあげ、高配当を産むと、著名人らに投資話を持ちかけた。が、証拠不十分で起訴は見送られた。風評をおそれ、被害者らが捜査に協力的でなかったのが原因らしい」

山賀の受け売りだ。出資金の大半は返還された。山賀はそうつけ加えた。

吉田が姿勢を戻し、ため息をついた。

「すみません。わたしの落ち度です」

「もういい」

あっさり返した。

咎《とが》めるのなら山賀のほうだ。が、信義に反する。

――……もうひとつ頼みがある。ＪＬの代表理事の森永弥生、理事の根本洋一郎、事務長の土屋仁志。三人の詳細な経歴を調べてくれ――

鹿取は電話で山賀に依頼した。

山賀は約束を守った。捜査会議で根本の話をしなかったのは信義といえる。「ＪＬはおまえにまかせる」山賀はそう言った。胸に潜む思惑は関係ない。

煙草をふかし、吉田を見据えた。

「捜査の過程で、暴力団の存在がうかびあがった」

吉田が目を見開く。

「花岡組ですね」

「違う。渋谷の紅竜会だ」

吉田の瞳が固まった。

顔から血の気が引くのが見て取れた。

吉田の父親を射殺したのは紅竜会の組員である。北沢署の城島に聞いた。

鹿取は無視した。

吉田を気遣うなら、この話をしなかった。吉田は警察官である。それに、いま伏せても いずれ紅竜会の名前がでる。そう推察すれば、予備知識を与えるほうがいいと思った。

「根本は紅竜会の幹部と面識があるのを認めた。が、その男の捜査事案への関与は否定した。捜査員も確証を得るに至らなかった」

「………………」

吉田の目が虚《うつ》ろになっている。

「聞いているのか」

「は、はい」

「おまえはJLの三人……森永代表と根本理事、土屋事務長の身辺を洗え。会員や職員……片っ端から話を聞き、三人に関する情報を集めろ」

「わかりました。鹿取さんは」

「被害者の交友関係をあたる」

「心あたりがあるのですね」

「ある。が、無駄足になるかもしれん」

「成果は教えてください」

「相棒を粗末にはせん」

吉田の表情が弛《ゆる》んだ。


陽射しが強くなっていた。コートを脱いだ。息を切らせながら道玄坂をのぼった。玉川通を渡り、南平台町に入る。

めざす喫茶店はすぐにわかった。喫茶店の梯子《はしご》はうんざりする。午前中だけで三店。鳩尾《みぞおち》が重く感じる。それでもコーヒーを頼んだ。メニューを見るのもわずらわしい。

白を基調にした店内に先客は三組。中年の女ばかりだ。

ほどなくドアが開き、女が入ってきた。黒のタンクトップ、淡い水色のノーラペルコート。栗色の髪は束ね、胸前におろしている。

鹿取が手を挙げると、表情を変えずに近づいて来た。黒いロングスカートは深いスリットが入っている。ものを言わずに鹿取の正面に座った。

「レモンティー」

ウェートレスに声をかけ、細い煙草をくわえた。デュポンで火をつける。

切れ長の目に、うすいくちびる。細面で、顎がとがっている。

――川上さんに初めて会ったのは美鈴《みすず》さんのお客さんの席でした――

虎ノ門のカフェテラスで話して三十分も経たない内に彩乃から連絡があった。被害者の川上が連れて来たという客の名前も言った。成金セレブに執着したいのだ。美鈴の携帯電話の番号も聞いた。そのあと山賀に連絡し、彩乃と美鈴の携帯電話の通話記録を入手するよう頼んだ。山賀の動きは速かった。けさ、発着信履歴のコピーを受け取った。

三十二歳と聞いたが、もうすこし歳を食っているように見える。

美鈴が口をすぼめて紫煙を吐いた。

「刑事さんが、何の用」

もの言いも態度もふてぶてしい。

「川上洋という男を知っているな」

言葉に気を遣う必要はなさそうだ。

美鈴が眉をひそめた。

「誰よ、それ」

「去年の十月、ハロウィーンパーティーのとき、あんたの客がSGに連れて来た。そのあと川上はSGに通いだした」

「………」

美鈴が目と口をまるくした。

「思いだしたか」

「彩乃か」ぼそっと言う。

「誰だ、それ」

美鈴が顎をしゃくった。とぼけるな。言いたそうな顔になる。

「答えろ」

「川上という男がどうしたの」

「殺された」

「えっ」

「知らなかったのか」

「新聞は取ってない。テレビはめったに見ない」

美鈴のもの言いは変わらない。

「被害者を連れて来た客の名前が知りたい」

「どうして。事件と関係があるの」

「あんたには関係ない。質問に答えろ」

「ちょっと、刑事さん」

美鈴が半身になった。

そこへレモンティーが運ばれてきた。ウェートレスがそそくさと立ち去る。

「そんな言い方、失礼よ」

「気に入らないなら帰れ。つぎは任意同行を求める」

「ふん」

鼻を鳴らし、美鈴がカップを手にした。思案顔で飲み、カップを置く。

「稲葉《いなば》さんよ」

「フルネームで言え」

「稲葉正義《まさよし》さん」

「どこの稲葉正義さんだ」

「言えない。迷惑はかけられない」

「何遍も言わせるな。署に同行するか」

威《おど》しながら、記憶をたぐり寄せる。

きのう、彩乃からの電話を受けたあと、六本木に足を運んだ。キャバクラSGの支配人に会い、売上台帳を見せてもらった。が、被害者を連れて来た人物は特定できなかった。彩乃は日にちを憶えていなかった。ハロウィーンパーティーの三日間に来店した美鈴の客は十二組、二十三名だった。台帳に名前があるのは一名だけで、同伴者の氏名は記されていなかった。同伴者が被害者を誘った可能性もある。

稲葉という名前は記憶にある。去年の十月三十日。同伴者は三名だった。

「あんたが答えないのなら、店を訪ねる。店にも迷惑がおよぶ。それでいいのか」

美鈴が目を三角にした。が、怒りは堪えたようだ。

「中華料理店のオーナーよ」

「店名は。どこにある」

「渋谷の桜丘町にある千寿楼《せんじゆろう》。言っておくけど、事件をおこすような人じゃないよ」

「憶えておく。で、その日、何人で来た」

「三人か四人か……はっきり憶えてない」

「被害者のことは憶えていたのか」

「刑事さんに言われて思いだした。泥棒猫の客だから」

鹿取は吹きだしそうになった。

疑念のひとつが解けた。クラブやキャバクラでは誰かに連れられたあと通いだしても、自分で係のホステスを決めることはできない。被害者の場合、美鈴が係になる。

「もめたのか」

「ちょっとね。でも、稲葉さんに相談したら、貧乏人はくれてやれと」

「被害者のことか」

「そうじゃないの」

「稲葉と被害者の関係は」

「知らない」

ものぐさそうなもの言いが続いている。

質問するのが面倒になった。

稲葉の電話番号と千寿楼の所在地を聞いて美鈴と別れた。

玉川通をJR渋谷駅のほうへむかう。途中で右折し、路地を曲がった。

前方に〈千寿楼〉の看板が見える。三人連れの男女が店に入った。

鹿取は腕の時計を見た。正午を過ぎたところだ。

店内は混雑していた。かなりひろい。大小合わせて三十席はありそうだ。チャイナドレスの従業員があわただしく動いていた。

鹿取はレジカウンターにいる黒いスーツを着た女に声をかけた。

「警視庁の者だが、オーナーの稲葉さんはおられますか」

「はい」

即答した。顔色も変わらなかった。

美鈴が稲葉に連絡し、稲葉は従業員に指示をだしたか。

「どうぞ」

女がチャイナドレスのひとりに声をかけ、レジカウンターから出てきた。入口脇の階段をのぼる。通路をはさんで、左右に個室がある。突きあたりの扉を開けた。

三十平米はあるだろう。中央にコの字の応接セット。ゆったりしている。そのむこうにアンティーク調のデスク。左の壁沿いに長いグリーンマットが敷いてある。

「鹿取様がお見えになりました」

デスクに座る男と目が合った。

スキンヘッドに鼈甲《べっこう》メガネ。顔はおおきくて、まるい。海坊主のようだ。

「稲葉です」

しわがれ声で言い、立ちあがる。

背が低い。白シャツに赤色のサスペンダー。ゴールドのブレスレットは重そうだ。

靴が沈みそうな絨毯《じゆうたん》を歩き、鹿取はソファに腰をおろした。

稲葉が正面に座した。

「警視庁の鹿取です」

警察手帳をかざした。

稲葉は見ようともしない。

「まっすぐ来たようですね」

おだやかな顔で言った。

美鈴から連絡があったと教えている。

ノックのあと扉が開き、チャイナドレスの女がお茶を運んできた。

ジャスミンティーか。香りが立っている。

「前置きは要らない。そういうことですか」

「こう見えても多忙でしてね。手短にお願いします」

「さっそくですが、被害者とはどういう関係でしたか」

「彼が営業に来た。アポなしの飛び込みだった。去年のことだよ」

「ムーンライトと契約されたのですか」

稲葉が目で笑った。

「どうしました」

「駆け引きはやめませんか。ご存知なのでしょう。契約はしなかった」

頷くしかない。ここにくる途中で山賀の携帯電話を鳴らした。ムーンライトの派遣先リストに千寿楼の名前はなかった。

「それでもつき合いをされていた」

「来る者は拒まない。わたしのポリシーでね」

「貧乏人でも」

一瞬きょとんとし、すぐに声を立てて笑った。丸顔が破裂しそうだ。

「人間は、あすどうなるかわからない。わたしがそうだ」

「ほう。何があったのですか」

「二十代は中国人にこき使われた。怒鳴られるのは日常茶飯事で、柄杓《ひしやく》で殴られたこともあった。わずかな賃金だった。が、三十歳になったある日、人生が変わった。まさに激変だよ。中国人のひとり娘からデートに誘われた」

「棚から牡丹餅《ぼたもち》」笑って言った。

「牡丹餅どころか、金塊が降ってきた。娘は父親を拝み倒し、半年後に結婚した。長女を授かった三か月後、義父は心臓病であっけなく死んだ」

まるで他人事《ひとごと》のようなもの言いだった。

鹿取はお茶で間を空けた。

「話を戻します。被害者はどんな人物でしたか」

「そこらにいる男とおなじさ」

「被害者がムーンライトを設立した経緯をご存知ですか」

「聞いたことがない。が、さほど苦労はしてないんじゃないか」

「どういう意味です」

「あんな会社、設立するのにたいして資金は要らない。それに、彼の顔つきや言動からは苦労や努力の跡が感じられなかった。それでも、人間は変わるがね」

鹿取は首をまわした。

うまくかわされているような気がする。

「被害者の人脈を知っていますか」

稲葉が首をひねった。

「人を連れて食べに来たことはあるが、わたしは紹介されなかった」

「あなたが被害者をSGに連れて行ったときのことを訊《たず》ねます。美鈴さんは三、四人だったと……四人という証言もあります」

キャバクラSGの支配人のことは話せない。

「それが何か」

稲葉の目が鈍く光った。

「ほかの二人の方の名前を教えてください」

「誰だったか。急に言われても……美鈴は話さなかったのか」

「忘れたそうです」

「だろうな」表情が戻った。「彼女は売れっ子だから。係の客以外は忘れるさ。わたしも憶えていない。毎日のように人と会い、飲み歩いているからね」

鹿取は奥歯を嚙《か》んだ。

目的があって来ている。彩乃の話に気持が動いて、美鈴に会った。

――スキンヘッドの人はお店で見かけていたけど、川上さんとほかの二人の人は見覚えがなかった。ひとりは偉そうな喋り方をする人で、だから、わたしは川上さんとしか話をしませんでした――

美鈴の話しぶりから、稲葉に興味が湧いた。

煮ても焼いても食えない。稲葉はタヌキだ。美鈴はキツネか。

尻がむずむずしてきた。罵声が飛びだしそうだ。

「そろそろ、よろしいかな」

稲葉が言った。

鹿取は頷いた。願ったり叶ったりである。


乃木坂通でタクシーに乗り、六本木交差点で降りた。

頭が駄々をこねている。梅丘で上司の山賀係長、道玄坂で相棒の吉田、南平台町でSGの美鈴。立て続けに会って話を聞いた。千寿楼の稲葉とのやりとりでは神経を消耗した。腹のさぐり合いのような会話だった。

この数時間は壊れたボイスレコーダーのように喋った。

カラオケボックスに入るなり、ベッドで横になった。二時間ほど眠った。シャワーを浴びてソファに寛《くつろ》ぎ、水割りと煙草で時間を流した。

山賀、北沢署の城島と電話で話し、午後五時にカラオケボックスを出た。

外苑東通を飯倉方面へ歩き、左に折れた。

人はまばらだ。夜の街はまだ眠っている。雑居ビルの袖看板を見て、階段をのぼる。

吉田から聞いたショーパブのシカゴは二階にあった。ミュージカル映画『CHICAGO』にあやかったのか。

扉を開けた。レジカウンターに人はいなかった。中に進む。

カウンター席のむこうに半円形のステージ。二本のポールが立っている。ステージの左右に細い梯子。その上のほうにハンモックが見える。肌をさらした女が寝そべるのか。右側に客席がひろがり、白シャツの若者二人が掃除をしていた。

手前のひとりに声をかける。

「責任者はいるか」警察手帳を見せた。

「お待ちください」

若者がステージの奥に消えた。

ほどなく四十年輩の男があらわれた。黒いスーツを着ている。

「店長の佐々木《ささき》です」

「捜査一課の鹿取。話を聞きたい」

捜査一課というほうが手っ取り早いこともある。

佐々木が目をぱちくりさせた。

「事件ですか……どうぞ」

ステージ裏のオフィスに案内された。

三坪ほどの部屋に二つのスチールデスクと簡易な応接セットがある。右側のドアのむこうはスタッフやショーダンサーが使う部屋か。

ソファで佐々木と向き合った。

「ここは何年になる」

「来年が十周年です」

「あんたはいつから」

「開店からいます。当店が、何か……おといも刑事さんがこられました。あいにく自分は留守をしていまして、うちのスタッフと話したようです」

同僚の廣川警部補か。ムーンライトの神崎専務に訊問したと聞いた。

「スタッフは何を訊かれた」

「失礼ですが、おなじ事件でしょうか」

「ああ。神崎稔という男を知っているか」

「当店にいた神崎ですね」

表情が弛む。廣川も神崎の名前を口にしたのだ。

「何年いた」

「二年ほどです。神崎が何かしでかしたのですか」

「しでかすような男だったのか」

「いえ……」口ごもった。「が、正直なところ、彼にいい印象は持っていません」

「なぜだ」

「仕事はそつなくこなすのですが、客によって接客態度が変わるし、ほかのスタッフと衝突することもしばしばで、扱いにくい男でした」

「それでもクビにしなかった」

「ええ。社長が目をかけていました」

「それなのに辞めた。理由は」

「事業を始めると……社長にはそう言ったそうです」

「どんな事業か知っているか」

佐々木が首をふる。

「神崎だが、ここで働く前はどこで何をしていた」

「渋谷でスカウトをしていたと聞きました」

「何のスカウト」

「水商売でしょう。渋谷の街で女の子に声をかけ、渋谷や六本木のキャバクラやガールズバーを紹介していたみたいです」

「ここは飛び込みか」

「はい。当店のサイトのスタッフ募集の広告を見て、連絡してきました」

「話を変える。川上洋という男を知っているか」

「川上……いえ。どういう方ですか」

とぼけていないのは表情と雰囲気でわかった。廣川は事件について話さなかったか。応対したスタッフが報告を端折ったか。

「神崎と一緒に事業を始めた男だ。先日、殺害された」

「ええっ」

佐々木がのけ反った。

「顧客リストはあるか」

「はい。当店はキャッシュかクレジットカードの精算で、請求書は送りません。なので、名刺を頂いた方にかぎりますが、パソコンに入力してあります」

「見てくれ」

佐々木がスチールデスクのノートパソコンをテーブルに移した。

「ないです」

「そうか」

あっさり返した。

被害者の経歴に空白の期間がある。ムーンライトを設立する前の数年間の経歴はいまもわかっていない。職に就いていなければ名刺は使わないだろう。

ジャケットの内ポケットから写真を取りだした。ムーンライトのオフィスにあった写真を捜査員が持ち歩いている。

佐々木が手に取った。じっと見つめ、首をひねる。

「すみません。憶えがないです」

鹿取は写真をポケットに戻した。

ふとひらめき、声になる。

「神崎は客を選《え》り好みしていたと言ったな」

「はい」

「ここにやくざは来るか」

佐々木が眉をひそめた。

「暴力団排除のステッカーは貼ってあります。が、実際、識別するのはむずかしくて……そうそう、神崎はそういう方の相手をするのが上手《うま》かった」

「どこの誰か、知っていたのか」

「さあ。神崎に聞いたことはありません」

面倒を避けたか。意地悪な質問は胸に留めた。

渋谷区円山町の小料理屋に入った。ラブホテル街のはずれにある。

個室に案内された。かなりせまい。テーブル席の下座に城島と吉田がいた。二人の前には湯飲み茶碗があるだけだ。

鹿取は城島の正面に腰をおろした。

「注文してないのか」

「ええ。自分らも着いたところです」

絣《かすり》の着物に赤い襷《たすき》を掛けた店員が入ってきた。

鹿取は声をかけた。

「男山はあるか」

「はい」

「常温で」

煙草をふかしている間に、城島と吉田が料理を注文した。

「会議にでなかったのか」

「こっちを優先しました」

城島が何食わぬ顔で言った。

日本酒とビール、三種の小鉢と丸皿が届いた。

「関サバと関アジ、ヒラメとコウイカです」店員が一つひとつ説明する。

鹿取はほうれん草としめじのおひたしをつまんだ。手酌で盃をあおる。

「ここは大分から関サバと関アジを直送しているそうです」

言って、城島が刺身を口に運んだ。

鹿取は関サバをひと切れ食べた。歯応えがあり、脂もある。刺身向きの食材だ。

城島に話しかけた。

「通話記録の解析は済んだか」

「ええ」

城島が壁に掛かるショルダーバッグに手を伸ばした。

用紙を受け取った。直近半年間の通話記録だ。

城島が口をひらく。

「まるで闇社会のやりとりです。被害者が所持していたガラケーの所有者は特定できていません。通話の相手も九割は所有者が不明です」

携帯電話の名義人と利用者が異なっているのだ。

鹿取はデータを見た。

発信も着信もおなじ電話番号が目につく。それぞれの回数はさほど多くなかった。三人の氏名がある。ひとりは杉江彩乃。キャバクラSGのホステスだ。

もうひとりの名前を見て、息をのんだ。稲葉朋美《ともみ》。被害者と稲葉朋美の双方が週に二、三回発信している。彩乃とは比較にならないほど多い。が、二月二十七日を最後に交信は途絶えている。千寿楼の稲葉正義の顔がうかんだ。親族なのか。

「何か」城島が訊く。

「なんでもない」

さらりと返した。推測は話さない。データを指さした。

「渡辺友香は何者だ」

「ＪＬの職員です」吉田が答えた。

思いだした。ＮＰＯ法人ＪＬの根本理事に会う前に吉田から聞いた。

城島が続いた。

「稲葉朋美の身元は確認中です」

鹿取はこくりと頷いた。

内心ほっとした。城島の報告を待つ。千寿楼の稲葉の話はそのあとだ。

「メールのデータはないのか」

「ないです」城島が言う。「一件も。スマホのほうはよくメールを利用しているのですが……よほど警戒していたのでしょう」

鹿取は口をすぼめた。

メールの文言が記録に残るのを警戒したのか。おそれたのか。

疑念がひろがりかけ、頭をふった。

「ＪＬの渡辺にはあした会うつもりです」

吉田の声に視線をあげた。

「自宅を訪ねるか、オフィスを出たところで声をかけるか。幹部の三人にばれないようにしろ。時間があれば俺も行く」

「わかりました」

店員が来て、鯛《たい》のかぶと煮と天ぷらの盛り合わせ、ザル豆腐を置いた。

鹿取はザル豆腐を手前に寄せた。

「ほかはまかせる」

言って、豆腐に塩をふり、酸橘《すだち》を絞りおとした。それだけで充分に美味かった。

城島と吉田が箸を動かす。

鹿取は頬杖《ほおづえ》をつき、煙草をふかした。食事の邪魔はしない。

吉田が箸を休めるのを見て話しかけた。

「ＪＬのことで、何かわかったか」

「十年前の渋谷署の捜査報告書を閲覧しました。城島さんのおかげで、あの事案を担当した捜査官から話を聞けました」

城島は渋谷署に勤めていた。そのころの伝《つて》を頼ったのだ。

「事案の大筋は鹿取さんが話されたとおりです。が、報告書に紅竜会のことは書いてありません。それで、当時の捜査官に話を聞きました」ひと息つく。「ＪＬの根本が交際を認めたのは紅竜会幹部の安本宏和《やすもとひろかず》という男です。犯歴がありました。恐喝および傷害の罪で四年、公文書偽造および偽造公文書行使の罪で二年半の実刑判決を受けています」

「おなじ穴のムジナか」

　鹿取はつぶやいた。頭の片隅には根本の逮捕歴がある。

　吉田が話を続ける。

「根本と安本の関係は、根本が勤務していた広告代理店の元同僚の証言で発覚したそうです。が、根本は広告代理店を退職したあと関係が切れたと。事情を聞いた安本もおなじ供述をし、それをくつがえす証拠は得られなかったそうです」

「退職してどれくらい経っていた」

「根本が広告代理店を辞めたのは二〇〇八年の年末。渋谷署に逮捕されたのは二〇一〇年の九月で、その二年後にＪＬが設立されました」

「あわただしいことで」

　投げやりな口調になった。

「その事案とは別に、気になる人物がうかびました」

　吉田が手帳を開いた。

「東明銀行、渋谷支店長の寺原靖《てらはらやすし》です。ＪＬの会員やアルバイトによると、ＪＬ主催の講演会や講習会にはいつも顔を見せ、根本のそばにいたそうです。海外旅行をする仲だとの証言もあります。ちなみに、支店長になる六年前までは本店の個人営業部に在籍し、不動産ファイナンスを担当していました」

「どう気になる」

「えっ」

「予断がまじっていないか」

「それこそ予断と偏見です」

吉田が声を荒らげた。

「よさないか」城島が言った。

吉田が城島にも食ってかかる。

「冗談じゃないです」

「そうむきになるな」

城島が吉田の肩に手をのせる。

「まあ、いい」鹿取は口をはさんだ。「瓢箪《ひょうたん》から駒ということもある」

城島が笑った。

吉田が城島を睨《にら》む。

「何がおかしいのですか」

「すまない。が、瓢簞もばかにはできない。実際、事件解明のとりつきは思いがけないところに転がっているものさ」

吉田が本意をさぐるような目をした。息をつき、煙草をくわえる。横をむいて紫煙を吐いたあと、鹿取に顔をむけた。

「鹿取さんのほうは、どうでしたか」

「一年分歩いた。口も疲れた」

「疲れついでに成果を話してください」

吉田が表情を戻した。

鹿取は盃を空けた。

「きのう、六本木のキャバクラSGの彩乃という女に会い、話を聞いた」

「中井の証言のウラを取るためですね」

「ああ。で、思わぬ土産をもらった。瓢簞から駒よ」

彩乃の証言をかいつまんで話し、彩乃から電話があったことも教えた。

「きょう、おまえと別れたあと、南平台町の喫茶店でSGの美鈴という女に会った。なかなかのくせ者よ。が、収穫もあった」

「どんな」

「そのうち話す」

「そんな。相棒でしょう。いま話してください」

「推測を話せば、予断を持たせる」

城島が頷いた。

何かを感じ取っているのはわかった。話を続ける。

「最後に、六本木にあるショーパブのシカゴを覗いた」

吉田が目をまるくする。

「ムーンライトの神崎の過去ですね」

「ああ。神崎はシカゴで二年ほど働いた。店長によれば、それ以前は渋谷で水商売専門のスカウトをやっていたらしい。被害者の写真を見せたが、記憶にないそうだ。ついでに、同僚の廣川はシカゴを訪ねていた」

店長と話したあと、スタッフから話を聞いた。

「やっぱり」

吉田があきれ顔で言った。

鹿取は城島に顔をむけた。

「花岡組の中井はどうなった」

きょう、捜査本部は中井に任意出頭を求めた。山賀から聞いた。

「北沢署で五時間ほど訊問を受け、夕方に解放されたそうです」

「犯行時刻のアリバイが証明されたわけか」

「ええ。被害者とのカネのやりとりは証明できませんでした」

そこが捜査本部の攻め処だったのだろう。金品の授受が立証できれば、別件で身柄を拘束できる。どんな手段を講じてもマスコミは騒ぎ立てない。

「花岡組と紅竜会」城島がつぶやく。「なんだか、きな臭くなってきました」

「が、事件の背景は真っ暗。根っこは闇に沈んだままだ」

言いながら、目の端で吉田を見た。

何を考えているのか。目が据わっていた。

鹿取はゆっくり首をまわした。

店員が入ってきた。

いつの間にか、テーブルの皿はきれいになっていた。それを片づけ、店員が三人の前に小丼を置いた。茶そばに鰹節《かつおぶし》と梅干、刻み葱《ねぎ》が載っている。

鹿取は汁も飲み干した。


夜空を突き刺す桜の枝がふるえている。

ＪＲ総武線市ケ谷駅近くの交差点を過ぎたところでタクシーを降りた。外堀通を神楽坂方面へ歩く。濠《ほり》を渡って流れる風が肌を刺す。

路地を左に折れた。路上に人影はない。夜は静かな住宅街だ。

突きあたりの更地に三台の車が停まっている。セダンの二台は見覚えがある。黒のミニバンは記憶にない。人が乗っている気配を感じた。

鹿取はステンカラーコートのボタンをはずした。更地の手前を右に曲がった先にあるマンションに住んでいる。

音がした。ミニバンから人が飛びだしてきた。三人。目だし帽を被っている。

鹿取はコートを脱いだ。走れば連中よりも早くマンションに着くだろう。が、売られた喧嘩《けんか》は買う。懐に手を入れた。舌を打つ。拳銃はカラオケボックスに忘れてきた。

たちまち、三人に前をふさがれた。二メートルほどの距離だ。

革ジャンの男が正面に立つ。サングラスをかけている。両脇に黒っぽいブルゾンとパーカーを着た男。二人の手には光るものがある。

意図はわかった。威しなら金属バットや鉄パイプでことはたりる。

「なんか、用か」

一歩踏みだした。

ブルゾン男とパーカー男が左右に動く。

鹿取は腕を伸ばした。革ジャンの男が体をかわす。肩を摑《つか》み、右肘で顎を打つ。空を切った。喧嘩慣れしている。体勢を崩した。ブルゾン男が切りかかってきた。かろうじてかわす。後じさり、コートを左腕に巻きつける。

「やれ」

革ジャン男が命じた。

三人の位置が変わった。ブルゾン男が正面に身構える。

パーカー男が右に動き、腰をおとした。ドスを脇に構え、突進してきた。

難なくかわし、右の拳を打ちおろす。こめかみを直撃した。うめき、前のめりになる。

間髪を容れず、左の膝蹴りを見舞った。

「てめえ」

ブルゾン男がドスをふりかざした。

ふりむきざま背をまるめ、鹿取は懐に飛び込んだ。頭突きが顎を捉えた。ブルゾン男がのけ反る。ブルゾンの襟を取った。

同時に風を感じた。とっさに、ブルゾン男を盾にした。

が、遅かった。布を切り裂く音がした。刃先が左の脇腹を払った。

「死ね」

革ジャンの男が声を発した。手にナイフがある。

鹿取はブルゾン男を突きはなした。

「死ぬのはおまえよ」

右手を懐に入れた。
相手がひるんだ。
踏み込み、右足で股間を蹴りあげる。こんどは命中。拳も顎を捉えた。さらに頭突き。
鈍い音がした。鼻梁《びりよう》が折れたか。目だし帽に手をかける。
クラクションが鳴った。ミニバンが急発進する。
鹿取は横に飛んだ。地面を転がる。
その隙に三人が車に飛び乗った。
息が詰まった。唾を吐き、膝を立てて起きあがる。
ジャケットを開いた。シャツが血に濡れている。疼《うず》きだした。コートを棒状にまるめ、
腹部に巻きつけた。携帯電話を手にする。相手はすぐにでた。
《お待ちしていました》
松本の声はあかるかった。
「医者を起こせ。これからむかう」
《えっ》
「切られた。市谷だ」
《生きたまま来てくださいよ》
通話が切れた。

外堀通へむかう。頭がふらふらする。

もっとほうれん草を食べればよかった。身体から血が流れだすたびそう思う。

タクシーに乗った。

「赤坂」

運転手がふりむく。「赤坂のどちらへ」

「乃木坂通」警察手帳を見せた。「急げ」

運転手が目を剝《む》き、あわてて車を発進させた。


路地に入ったところでタクシーを降りた。中井の事務所の近くだ。

「鹿取さん」

松本が駆け寄ってきた。紺色のスエットの上下にトレンチコートを羽織っている。

「よくぞ、ご無事で」

「まだわからん」

肩を担がれた。

目前に谷口《たにぐち》医院がある。玄関に灯が見える。かつて三好組が世話になっていた。闇の診療である。診療科目は内科皮膚科だが、簡単な外科手術もやるという。

松本がドアを開けた。

「谷口先生」

「大声をだすな。深夜だぞ」

奥からだみ声が届いた。

診察室に入る。白衣の男が立っていた。七十歳前後か。白髪。顎髭《あごひげ》も白い。

「お世話になります」

言って、鹿取は腹に巻いたコートをはずした。

一瞥《いちべつ》し、谷口が診察台を指さした。

「横になれ」

言われたとおりにした。

谷口が鋏《はさみ》でシャツと肌着を切り裂いた。

「傷だらけじゃないか」

「名誉の負傷です」松本が言った。

右の脇腹は窪《くぼ》んでいる。新潟港の倉庫で北朝鮮工作員と格闘したさい、サバイバルナイフで抉《えぐ》られた。三日間、生死の境をさまよった。右の肩甲骨にも刃物で切られた裂傷痕。左の二の腕と右太股には銃弾を摘出した痕が残っている。一発は暴力団員、もう一発は現役警察官に食らった。どちらも射殺した。

「どこのやくざだ」

「桜田門です」松本が答えた。

「なんと、刑事か。どうしてまともな病院に行かん」

「うるさい」鹿取は声を絞りだした。「とっととやれ」

そうしたいのは山々である。が、襲われた現場は牛込署の管轄である。自分のまわりをうろつかれるのはうっとうしい。売られた喧嘩は決着がついていない。

「喋るな」

一喝し、谷口が松本に指示する。

松本はてきぱき動いた。こういうことに慣れているのだ。

患部を消毒する。ガーゼで拭う先から血がでる。脂肪も見えた。

「酒を飲んだか」

「ああ」

「麻酔をする。効くまで数分かかるかも……待つか」

「待たん」

「泣くなよ」松本にも声をかける。「タオルを口に詰めなさい。うしろの棚にゴムバンドがある。それで両足をベッドに縛り、この男の上半身を押さえていなさい」

聞いているだけで気が遠くなりそうだ。谷口の横顔しか見えなくなった。

傷口を開くのがわかる。

「たいしたことはない。深さは一・五センチ、長さは七センチほどだな」

「何よりです」松本が言う。

「………」

怒鳴ろうとしたが、声にならなかった。

傷口にふれられるたび激痛が走る。身体を高圧電流が流れるかのようだ。

「汗」

谷口のひと声に、松本が反応した。

鹿取に覆いかぶさるようにして谷口の額をタオルで拭った。

俺の涙も拭け。言いそうになる。

「縫合を始める」

ようやく意識が遠くなった。


目が覚めた。痛みは治まっている。

カラオケボックスに運ばれたようだ。ベッドにいる。

顔を横にむけた。サイドテーブルの固定電話の内線ボタンを押した。

ドアが開き、松本が顔を覗かせた。

「お目覚めですか」

「のどが渇いた。水をくれ」

身体を起こそうとして止《や》めた。動けないことくらいわかる。

松本がボウルを運んできた。

「なんだ、それは」

「氷です。ちいさく砕いてあるので、ひと欠片《かけら》ずつ口にしてください」

「くそ」

悪態をつき、小指の先ほどの氷をつまんだ。

息が洩れた。生き返ったような気分になる。

松本がベッドの脇に椅子を置き、腰をおろした。

「あすの朝、先生が来てくれます。それまでに痛みがでるようなら抗生物質と痛み止めを……ただし、唾で飲み込んでください」

「腸もやられたのか」

「視たかぎり、それはないそうです。が、念のために」

「全治何日だ」

松本が瞠目《どうもく》した。

「ご冗談を……でも、教えてもむだですね」

「ふん。煙草をくれ」

一服した。咽がひりひりする。熱があると煙草は不味《まず》い。

「誰にやられたのですか」

「知るか。家の前で待ち伏せられた。三人。目だし帽を被っていた」

「刑事を襲うとは不届きな……どうして家がわかったのでしょう」

「警察データを見ればわかる」

「………」

松本が口をへの字に曲げた。愚問に気づいたのだ。

暴力団と警察官の癒着は遠い昔から続いている。戦後の混乱の一時期は公然と連携していた。現在は裏でつながっている。暴力団担当の部署だけでなく、生活安全課の連中も暴力団と接する機会がある。松本は身をもってそれを理解している。

「心あたりがあるのですね」

「まあな」

キャバクラSGの美鈴か中華料理店千寿楼の稲葉が誰かに喋った。そう考えるのが筋だろう。SGの彩乃が食わせ者なら中井の線も考えられるが、その可能性は低い。中井は北沢署で五時間の事情聴取を受けたばかりである。闇雲には動けない。六本木のショーパブの店長にはムーンライトの神崎のことだけを訊いた。

「襲った連中はどうなりました」

「逃げ足が速かった」

「撃たなかったのですか」

「拳銃はここだ。昼寝して、忘れた」

松本が頬を弛めた。何かを思いだしたような顔をし、口をひらく。

「花岡組の中井ですが、野郎も怪我《けが》をしたようです」

「なんでわかった」

「鹿取さんが眠っているときに谷口先生が、きょうはワルどもの厄日かと……理由を訊いたら、鹿取さんの二時間ほど前に中井がやって来たそうです」

「傷の程度は」

「肩の付け根を切られていたそうです。顔に打撲の痕もあったと」

鹿取は首をかしげた。

中井が北沢署を出たのは夕方のことだ。鹿取が襲われたのは日付が変わる前だった。二時間前なら午後十時ごろか。四、五時間の間に何があったのか。

「中井の様子を訊いたか」

「鬼の形相で、話ができる雰囲気じゃなかったそうです」

「花岡組の連中もあの藪《やぶ》医者の世話になっているのか」

「腕のいい先生ですよ」笑って言う。「以前は三好組専属だったのですが、解散したあと評判を聞いて、花岡組らがお世話になっています」

「やけにくわしいな」

「先生とはたまに遊んでいます」

「ふーん」

なんとなくわかる。不器用、無骨者だが、人情に厚い。愛嬌《あいきょう》もある。本人が意識したものではないから、そんな表情や仕種を見れば気持が和む。

鹿取は氷を舐《な》めた。

「痛みますか」

「いや。頭がぼうっとする。身体がだるい」

「それなら安心です」

松本があっけらかんと言った。

松本の身体にも古傷がある。同業とのいざこざでは三好組の先頭に立ったという。鹿取もずいぶん助けられた。公安がらみの厄介な事案では三好組の世話になった。

「そろそろ、休んでください」

頷きかけて、口をひらいた。

「渋谷の紅竜会を知っているか」

松本が目を見開いた。

「紅竜会の連中ですか」

「早とちりするな。質問に答えろ」

「しのぎでもめました。紅竜会が赤坂で悪さをしたもので。鹿取さんが新潟で入院していたとき、自分も病院で唸《うな》っていました」

「やられたのか」

「蚊に刺されたようなものです。が、やつらはやることが汚くて」

「やくざのやることに綺麗《きれい》も汚いもあるか」

「あります」むきになった。「こちらは穏便に済ませてやろうと、話し合いの場を設けたのです。それもむこうが指定する店でした」

「和議か」

「はい。むこうが詫びを入れたので矛を収めたのに、その帰り道を襲われました」

「で、どうなった」

「つぎの日、むこうの幹部がうちの事務所を訪ねて来ました。下っ端のはねっ返りがしたことだと……また詫びを入れ、治療費と慰謝料の名目でカネを置いて帰りました」

「三好は受け容れたのか」

「親分は寛容の人ですから」

松本の顎があがった。

「安本という男を知っているか」

「安本宏和ですね。そいつです。赤坂を荒らしたのも、自分を襲ったのも、安本の乾分《こぶん》でした。紅竜会ではイケイケで、カネ儲けも上手いと聞いています」

鹿取は息をついた。

紅竜会の話はまずかったか。めずらしく、松本が熱くなっている。

「寝る」

「そうしてください」

松本が立ちあがり、ドアノブに手をふれる。

「おい」

声をかけた。尿意をもよおした。

「ベッドのむこうに歩行補助器具があります。それでここまで運びました」

鹿取は苦笑を洩らした。おまるはないか。訊くところだった。

★　　★

母と一緒に家を出た。

澄んだ青空がひろがっている。昨夜の風が雲と一緒に埃《ほこり》も運び去ったようだ。

「おだやかな一日になりそう」母が言う。

「うん。このまま春がくればいいのに」

　母が目を細めた。

「どうしたの」

「おとうさんもおなじことを……雪が降ろうと、木枯らしが吹こうと、聞き込みは休めないものね。冬は何時に帰ってもコタツに入って、熱燗《あつかん》を飲んでいた」

「そうだったかな」

「そうよ」

　母が空を見あげた。なつかしそうなまなざしだった。

　吉田は胸を反らした。気分はまあまあ、身体はしゃきっとしている。けさはトランペットの音で目覚めた。ART BLAKEY AND THE JAZZ MESSENGERSの『MOANIN'』。元気がほしいときにタイマーをセットして寝る。

「きょうはどこに行くの」

　午前七時前だ。普段は吉田のほうが先に家を出る。

「初めての老人ホーム。勝手がわからなくて不安だから、早めに行くことにした」

「どこ」

「千歳船橋。駅からバスに乗るみたい。あなたは」

「これから捜査会議。そのあとは、行きあたりばったり、かな」

「まったく」母が笑う。「おとうさんにそっくりね」

「そう」

さらりと返した。まんざらでもない気分だ。が、照れ臭くもある。

「お墓参りはむりかな」

春と秋の彼岸の日、母は必ず墓参をする。「おとうさんは死んだあとも、ずっとわたしたちを護っている」口癖のように言う。

「いい報告をしたい」

いつもそう思っている。警察官になってから墓参に行けないことが多くなった。

「むりしないで」

「うん」

小田急小田原線の梅ヶ丘駅が近づいてきた。

「晩ご飯はどうする。用意しておこうか」

「熱燗のあてがあれば、いいかな」

「生意気になって」

母がカードケースを手にした。改札を通りぬける。

吉田は、母が階段をのぼるのを見届けた。

スプリングコートにすればよかった。

腕にかけるダッフルコートがやけに重たく感じる。罰あたりも甚だしい。きのうまではダッフルコートに頼っていた。

スクランブル交差点を渡り、渋谷１０９のビルに入った。下りのエスカレーターに乗って時刻を確認する。約束の午前十時にはすこし余裕がある。

小杉真代はいつもの席でサンドイッチを頬張っていた。

――あしたは遅番になった。午前中に会えるかな――

きのう、帰りの電車の中でメールを受けた。翌日の予定がうかんだ。ＮＰＯ法人ＪＬの関係者をあたる。職員の渡辺友香とは何としても会う。「時間があれば俺も行く」鹿取の言葉は気になるが、午前中の小一時間なら大丈夫だろう。そう思い返信したのだった。小杉はＪＬの会員だから職務の範疇《はんちゅう》ともいえる。

吉田はコーヒーカップを手に、小杉の前に座った。

「食事は」小杉が訊く。

「家で食べた」

「いいな。最近はこんなのばっかり」

小杉が食べかけのサンドイッチをかざした。

ほほえみ、吉田は煙草を喫いつけた。せめてゆっくり食べさせたい。

小杉が紙ナプキンをくちびるにあてた。

煙草を消し、小杉を見つめた。

「掲示板、見てないでしょうね」

「見た。気になるもん。でも、参加しなかった。そんなことより裕美のほうが気になる」

「どうして」

「JLのことを調べているんでしょう」

「そうだけど……捜査対象のひとつよ」

言訳がましくなった。思い直して口をひらく。

「おとといの電話で、真代は東明銀行と言ったよね」小杉が頷くのを見て続ける。「掲示板に銀行員の個人名はでたの」

小杉が首をふった。不安そうな顔になる。

「真代の担当者は……JLの人に紹介されたのよね」

「うん。そのときは渋谷店の支店長だった。それがどうかしたの」

「名前は」

「寺原さんかな。確かじゃない。家に帰れば名刺がある」

「その寺原さんに、投資目的のマンション購入を勧められたの」

「そう。強引というわけじゃなかったけど、上手に乗せられた感じ」

「そのとき、ＪＬの人もいたの」

「いたよ。理事の根本さん」

「どういう人」

「待って」小杉が声を強めた。「立て続けに、どうしたの。ちょっとこわい」

吉田は眉をひそめた。寺原と根本の名前がでて、気が急《せ》いた。

「ごめん。真代とお仕事の両方が気になって」

小杉が目元を弛めた。

「心配してくれているのよね」

「あたりまえじゃない」

「わかった。質問を続けて」

「もう一度訊くよ。根本さんってどういう人なの」

自分なりの印象はある。傲慢な自信家。オフィス根本ではそう感じた。小杉の印象はどうなのか。人はそれぞれ感じ方も異なる。

「実務派かな。ＪＬの顔は代表の森永弥生さん。テレビからも声がかかるほど名前が売れているし、自分の経験をもとに話すから説得力がある。会員が多いのは代表のおかげね。根本さんは、表にはでないで組織をまとめている……そんな感じ」

「会員の評判はいいのね」

「だと思う」

「よくないうわさは聞いたことがないの」

小杉の瞳が端に寄る。訝《いぶか》しそうな目つきになった。

吉田は腹を括った。友人といえども失礼だ。

「被害者とJLの関係がはっきりしなくて。不愉快にさせたら、ごめん」

「何度も謝らないで。捜査には協力する」

「ありがとう。で、根本さんは東明銀行の寺原さんと親しいの」

「そうみたい。十年以上のつき合いだって、寺原さんに聞いた」

「JLが設立される前ね」

「根本さんは経営コンサルタントをやっていたそうよ」

「いまも続けている」

「ええっ。知らなかった」

小杉が目をしばたたいた。

またおどろかせてしまった。あたらしい煙草をくわえ、間を空けた。

「いろいろ調べているのね」

「それがわたしのお仕事。粗さがしをしているみたいで、ときどき嫌になる」

小杉が目で笑った。

「東明銀行も調べているの」

「そういうわけじゃないけど」

歯切れが悪くなった。

隠すつもりはない。うそをつく気はさらさらない。が、捜査がどう進展するのか。肝心なムーンライトとＮＰＯ法人ＪＬの関係もわかっていないのだ。

「ごめん。まだ話せる段階じゃないの」

「わたしのほうこそ、ごめん。ひとつ心配になると、何もかもがくっついているように思えて……夜も眠れなくなる」

「…………」

返す言葉が見つからなかった。

あかるく、前向きな気性の小杉がへこんでいる。

吉田は気が咎《とが》めた。

──騙されなのかな──

先日の電話で、小杉はそう言った。

あのときは深刻には考えなかった。

──ちょっとこわい──

さっき小杉に言われたときはショックだった。

そうでなくても、小杉の件を鹿取に話すはめになりそうで気分が重くなっている。

渋谷109の前で小杉と別れ、スクランブル交差点を渡った。

午前十一時を過ぎたところだ。これからNPO法人JLにむかう。ビルの近くで張り込み、職員の渡辺友香があらわれたら声をかける。

ハチ公のそばで立ち止まった。携帯電話を手にする。鹿取に電話をかけたが、つながらない。電源を切っているのか。留守電も機能していなかった。きょうはこれで三度目。北沢署に入る前と、出たあとにもかけた。

ため息が洩れた。

警察官が官給の携帯電話の電源を切るなんてありえないことだ。腹が立つ。だが、それ以上に不安が募った。別の電話番号にかける。

《はい、城島》

「吉田です。いま、いいですか」

《かまわん》

「鹿取さんと連絡が取れません。ケータイの電源を切っているようです」

《急用か》

「そうではないのですが……」
《ひとりでは何もできないのか》
突きはなすようなもの言いだった。
頭に血がのぼった。
「規則違反です。刑事が電源を切るなんて」
《でられないときもある》
「しかし、朝から三回です」
言うかたわら、また不安が頭をもたげてきた。
「なにかあったのでしょうか」
《そういう報告は受けてない。あの人のことだ。心配は要らない》
「わたしもそう思うのですが、きのう、時間があれば俺も行くと」
《JLの女職員に会うのか》
「これからJLのオフィスの近くで張り込みます。お昼休みに彼女が出て来たら声をかけて、訊問する予定です」
《鹿取さんと連絡が取れなければ、ひとりでやりなさい》
「そうします」
《鹿取さんのことは俺も気に留めておく》

「お願いします」

通話を切った。

ハチ公にむかって頭をさげたのに気づき、苦笑がこぼれた。

弱気になっているのだろうか。小杉のことを引きずっているような気もする。

鹿取の声が鼓膜によみがえった。

――予断がまじっていないか――

あんなことを言われたのは初めてだった。


足が棒になった。ふくらはぎが張り、足の甲がむくんでいる。

体力にも脚力にも自信がある。それでも下半身が鉛のようだ。

午前十一時半から午後二時までNPO法人JLがあるビルの近くに立っていた。職員の渡辺は姿を見せなかった。正午過ぎに事務長の土屋がビルから出て来ただけで、森永代表も根本理事も、ほかの職員もあらわれなかった。

そのあと、渋谷の街を歩きまわった。

不安を払拭するかのように、休憩も取らず、足を動かした。NPO法人JLの会員のうち、渋谷で働く人たちの職場を訪ねた。会員の大半は職に就いている。自宅を訪ねてもほとんどの人に会えなかった。

四時半を過ぎてＮＰＯ法人ＪＬのある場所に戻った。職員の勤務時間は午前九時から午後五時までと聞いている。

ショルダーバッグを開け、ペットボトルの水を飲んだ。氷砂糖を口にふくむ。小瓶に入れ、いつも持ち歩いている。小瓶は父が愛用していたものだ。「元気の素だ。疲れたときはこれにかぎる」父はそう言っていたと、母から聞いた。

携帯電話に手をかけた。頭をふり、やめた。渋谷の街を歩く途中もかけたけれど、鹿取の携帯電話にはつながらなかった。回数は忘れた。

空が暮れなずんでいる。ずっと青空だった。いまは靄《もや》がかかっている。

路上を歩く人が増えてきた。

ビルから二人の女が出てきた。職員の渡辺と大島美登里だ。

肩をならべ渋谷署のほうへ歩きだした。

あとを追った。渡辺がひとりになるのを願うばかりだ。

渋谷署の前から階段をのぼった。歩道橋は二人を見失うほどの人が歩いていた。階段をくだり、ＪＲ渋谷駅の構内に入る。

まずいな。胸でつぶやく。

改札の近くで、大島が手をふり、渡辺から離れた。

大島が改札を通り過ぎるのを視認し、渡辺に近づいた。背後から声をかける。

「渡辺さん」

渡辺がふりむく。「あら、刑事さん」

気温はあがっても折り戸パネルは閉じられていた。渋谷区円山町のダイニングバーは半分ほどの入りだった。ジャズの音がおおきく聞こえる。

二人掛けテーブルで渡辺と向き合った。

渡辺友香は三十一歳、独身である。ちいさめの丸顔のせいか、二十代半ばに見える。ぱっと見は小杉真代に似ている。

「お好きなものをどうぞ」

吉田はやさしく声をかけた。

――食事ができる店がいいな――

喫茶店で話を聞きたいと言ったときの渡辺の返答である。拒むようなそぶりも、警戒するような表情も見せなかった。

ウェートレスが注文を取りに来た。

「桜鯛のカルパッチョとアボカドのサラダ、イカ墨のパスタ。あと、白ワインを」

渡辺がメニュー表の写真を指さしながら言った。

「白ワインはグラスですか」ウェートレスが訊く。

ちらりと吉田を見たあと、口をひらく。「それでお願い」

吉田はノンアルコールのビールを頼んだ。

渡辺が目をまるくした。

「食べないの」

「職務中なので……自分のことは気にしないでください」

「大変ね」

取って付けたように言い、スマートホンをテーブルに置いた。指先でふれる。ラインをやっているのか。画面に囲み文字が見えた。すぐに顔をあげる。

「わたしに、どんな用なの」

「被害者のことです。川上洋さんをご存知ですね」

単刀直入に訊いた。長話は望まない。友だちにはなれそうにないタイプである。

「もちろん。先日、刑事さんとうちの事務長の話を聞いていたので」

くだけたもの言いしかできないようだ。

「それ以前からご存知だったのでは」

「えっ」

「被害者のケータイのアドレス帳に、あなたの名前があります」

事実と異なる。被害者が所持していたガラケーはまだ発見されていない。

渡辺が肩をすぼめた。認めたようなものだ。

吉田は手帳を開き、ボールペンを持った。

「どういう関係でしたか」

「関係って……誘われて食事をしただけよ」

不満そうな顔になった。

「いつのことですか」

「ことしの初めだった。ひょっこり彼がお店に来たの」

「………」

吉田は目をぱちくりさせた。

ウェートレスが料理を運んできた。

ワインをひと口飲んで、渡辺が口をひらく。

「ガールズバーでアルバイトをしているの。NPOはお給料が安くて」

「どこの、なんていう店ですか」

「そんなことも答えなきゃいけないの」

「これは事情聴取です。署で聞くよりはましでしょう」

渡辺が視線をおとし、フォークをアボカドに刺した。トマトと和えてある。

食べおわるのを待つ気にはなれなかった。

「あなたがアルバイトをしていることを、被害者は知っていたのですか」

「誰かに聞いたみたい」

「そのときが初対面ですか」

渡辺が首をふる。

「去年の暮れ、オフィスで会った。理事の根本さんを訪ねて来たの。でも、根本さんは留守で……彼は土屋事務長と立ち話をして帰った」

「先日、自分が訪ねたとき、どうして話さなかったのですか」

「訊かれなかった」さらりと言う。「かかわりたくなかったし」

渡辺が桜鯛のカルパッチョを食べる。

「被害者がガールズバーに来たことを、オフィスで話しましたか」

「そんなわけ……クビになる。うちの代表は風俗の経験もたっぷりなのに、職員の夜のバイトを禁じているの」

息をつき、吉田はビールで舌を湿らせた。不快感と一緒に期待感も高まっている。

「お店で、どんな話をしましたか」

「憶えてない。帰り際、食事に誘われた……かな」

「まともに答えてください」

吉田は声を強めた。

渡辺が席を蹴る心配はない。規則違反のアルバイトをしている。被害者とのことを上司に報告していない。うしろめたいことはほかにもありそうだ。

渡辺が頬をふくらませた。フォークを置く。

「わたし、事件と関係ない」

「それなら正直に話せるでしょう」顔を近づける。「被害者はあなたのことを調べ、ガールズバーを訪ねた。なぜですか」

「JLのことをいろいろ知りたかったみたい。お店ではそんな話はしなかったけど、つぎの日、食事に誘われた」

「ことわらなかった……どうして」

「バイトがばれていたし、食事のあとお店に同伴するって言われたからよ。ガールズバーも楽じゃなくて。売上がなければ、すぐクビになる」

そんな話はどうでもいい。吉田は胸でつぶやいた。

「被害者に訊かれたことを話してください」

「………」

渡辺が視線をそらした。

「捜査に協力していただければ、オフィスのほうは配慮します」

「ほんと」語尾がはねた。目が合う。表情が戻った。「根本さんのことを訊かれた。どんな人とつき合っているかって。知らないって答えたら、根本さんのパソコンのアドレス帳を調べてほしいと頼まれた」

　言って、またフォークを持った。

　吉田は質問事項を整理した。

「根本さんの人脈だけど、被害者は誰かの名前を口にしましたか」渡辺が首をふるのを見て続ける。「あなたは知らないのですか」

「うん。根本さんとは話す機会がなくて。あまり顔を見ることがないの」

　吉田は頷いた。

　普段はオフィス根本にいるのだろう。

「アドレス帳はどうしましたか」

「ことわれなかった。コピーして渡した」

　早朝に出勤し、ドアに鍵をかけて作業したという。

「アドレス帳の内容を憶えていますか」

　渡辺がぶるぶると首をふる。

「こわくて……見たくもなかった」

　イカ墨のパスタが来た。イタリアンパセリが添えてある。

　渡辺がスマートホンを見た。

「あと十分で。遅刻するとペナルティーを取られる」

時刻を確認した。午後七時を過ぎている。

「お店は近くですか」

「ここからなら急いで五分くらい」

店で着替え、化粧をする時間も必要だという。

「つき合います。ただし、自分も安月給なので、一杯だけですが」

「やった。それなら八時に入ってもオーケーよ」

同伴出勤ということか。

店に行けばどうなるのか。気分が滅入りそうだ。が、仕方ない。渡辺の証言のウラが取れる。ほかにも訊きたいことが山のようにある。

★　★

歩行補助器具を使ってベッドルームを出た。カウンターのスツールに腰をおろす。薬が効いているのか、痛みはあまり感じないけれど、ソファに座るのは不安がある。

松本がふりむいた。キッチンに立っている。

「おはようございます。気分はいかがですか」

「腹が減った」

ぶっきらぼうに言い、煙草をくわえた。

「そう思って、準備しました」

ガスコンロに土鍋がのっている。

「粥《かゆ》じゃ腹の足しにならん」

「きょう一日は様子を見るよう言われました」

けさ、谷口医師が往診に来た。

開院前だったのだろう。若い女の看護師を連れ、点滴用の器具を運んできた。わずか数分の診察のあと、腕に点滴の針を刺して帰った。合成樹脂のパックから滴る液体を見ているうちに眠ってしまった。めざめたときは針が抜かれていた。

鹿取は頬杖をつき、煙草をふかした。

「おまえが針を抜いたのか」

「赤児でもできます」

「俺はきれいな看護師にやってもらいたかった」

「憎まれ口ばかり……安心しました」

松本が土鍋を運んできた。蓋を取る。

磯の香りがする。

「玉子が入ってないぞ」

「邪魔です」

煙草を消し、木製のレンゲを持った。ひと口食べ、うなだれた。

松本が満面に笑みをひろげた。

「昨夜から干鮑《ほしあわび》を戻しておきました」

「出汁《だし》は昆布だけか」

「はい。羅臼《らうす》昆布です」

鹿取は頭をふった。何も言うことはない。

肉厚の羅臼昆布に干鮑、塩と日本酒で味を調えたのだ。

食べているあいだ、松本は目を細めていた。

レンゲから湯飲み茶碗に持ち替える。白湯《さゆ》に梅肉が入っている。

「本日のご予定は」

「こんな身体で働かせるのか」

「安静にしているとは思えません」

「ふん。客が来る」

「どなたですか」

「北沢署の刑事だ」

「うわさの女性ですね」

「男だ」

めざめたとき、城島の携帯電話を鳴らした。「来れるか」いきなりのひと言に、城島もひと言で返した。カラオケボックスの所在地を教えて電話を切った。

「自分は邪魔ですか」松本が訊く。

「好きにしろ。そのあと、でかける」

松本の顔が締まった。思いあたることがあるのだ。

白湯を飲みほした。生き返ったような気分になる。

「ベッドに戻る。客が来たら案内しろ」

「動けないと思わせるのですね」

「はあ」

あきれてものが言えない。ほかに考えることはないのか。胸で話しかけた。

ドアをノックする音で目が覚めた。薬をのんで、また眠ったようだ。サイドテーブルの時計を見た。午後五時になる。腰に枕をあて、ヘッドボードにもたれた。

城島が入ってきた。立ち止まり、目をまるくする。

「どうされました」

「見てのとおりよ」

「風邪ですか」

城島が近づいて来た。椅子に座る。

「腹を切られた。おまえらと別れたあと、家の前で襲われてな」

「……………」

城島があんぐりとした。身体がゆれる。

鹿取は、昨夜の出来事を話した。

城島の目が鋭くなった。

「身に覚えは」

「なんとも言えん」

「捜査本部の事案との関連性はどうですか」

「連中は拳銃をむけなかった」

「それは説明できます。われわれの事案と関連づけられるのを避けたかった」

鹿取はにやりとした。異論はない。

「俺のことは後回しだ。報告を聞きたい」

頷き、城島がノートを手にした。

「稲葉朋美の素性が判明しました。もうすぐ愛和女子大を卒業する二十二歳。目黒区自由が丘○―△×―△の自宅に、両親と三人で暮らしています」

「父親の名前は正義か」

城島が目元を弛ませた。

「やはりご存知でしたか」

「あの時点では親子とわからなかった」言訳はしない。煙草を喫いつける。「六本木のキャバクラ、ＳＧの美鈴が稲葉の名前を口にした」

鹿取は、美鈴とのやりとりと受けた印象を手短に話した。

「確かにくせ者のようですね」

「タヌキとキツネよ。去年の十月末に稲葉はＳＧに被害者を連れて行った。彩乃の証言は美鈴も稲葉も認めた。それなのに、ほかの同伴者のことは忘れたそうだ。半年前のことだからそういうこともある。が、稲葉は被害者を歯牙《しが》にもかけていなかった。そんな男のことは憶えていて、ほかの同伴者を忘れるなんてことがあるか」

「話したくない人物。もしくは話せば都合の悪いことがある……そうですね」

「推測に過ぎん」

吐き捨てるように言い、鹿取は煙草をふかした。

息をつき、城島が口をひらく。

「稲葉朋美ですが、現在はイギリスにいるようです」

「いつから」

「今月の七日に成田から出国しました」

被害者の携帯電話の通話記録がうかんだ。

被害者と稲葉朋美が連絡を取り合っていた交信は二月二十七日で途絶えている。

「同行者はいるのか」

「たぶん。入国管理局に問い合わせたところ、おなじ出国便に稲葉商事の社員が搭乗していました。ご存知でしょうが、稲葉商事は稲葉正義が経営する会社です。出国した社員の名前は福山三奈《ふくやまみな》。三十二歳、独身です」

中華料理店の千寿楼とは別の会社である。

「帰国予定は」

「訪問予定地はヨーロッパの六か国。滞在期間は一か月と申告していました」

「卒業式には参加しないのか」

「愛和女子大の卒業式は今月の二十五日なので、予定どおりならむりですね」

鹿取は首をまわした。

幾つもの疑念が頭の中を飛び交っている。

城島が言葉をたした。

「被害者と交信していた携帯電話は自宅にあります」

「ん」眉根が寄った。「GPS端末か」

「はい。手続きは踏みました」

鹿取は顔をしかめた。

どうしてそこまでやった。そのひと言は胸に留めた。刑事の勘が働いたのか。だとすれば、自分がそうさせたことになる。

「父親から事情を聞きましょう」城島が言う。

「俺がやる。おまえは稲葉朋美の交友関係をあたれ。父親には悟られるな」

「承知しました。この件は……」

「もちろん。俺のことも報告するな」

城島がおおげさに肩をすぼめた。

「まだケータイの電源を切っているのですか」

「吉田が怒っているのか」

「警察官にあるまじき行為だと……心配もしています。報告もあるそうです」

「何を摑んだ」

「被害者はＪＬの渡辺友香に接近し、根本理事のパソコンのアドレス帳を盗みました」

「渡辺が手伝ったんだな」

「ええ。渡辺はオフィスに内緒で夜のアルバイトをしていて、そこにつけ入られたようです。ガールズバーの売上に協力してもらったとも証言しました」

「アドレス帳を盗んだのはいつだ」

「二月の半ばだったと」

「………」

鹿取は口をつぐんだ。

被害者と花岡組の中井が初めて会ったのは一月下旬で、その翌週にはキャバクラSGの彩乃を交えて食事をしている。

そのころ、被害者と稲葉朋美は頻繁にやりとりしていた。

「被害者が根本の人脈をさぐっていたのはあきらかです。根本と紅竜会の関係を知りたかったのでしょうか」

「渡辺は個人名を聞いたのか」

「いいえ」

「それなら予断を持つな」

「申し訳ない」城島が素直に詫びる。「相談もあるようなので吉田に連絡を」

「そのうちな」

そっけなく返した。

「では、しばらく自分に指示してください」

「おまえは相棒じゃない」

「しかし……わかりました。自分はサブにまわります」

城島の心中はわかる。

鹿取のわがままを受け入れる理由のひとつは吉田を案じてのことだろう。鹿取が襲われたと知れば、吉田の心はどうなるか。想像したくもない。

花岡組の中井と対面したときの吉田の表情は尋常ではなかった。身体は地蔵のように固まり、顔から血の気が引いていた。

心火を燃やす気持はわかる。が、やくざごときに牙を剝いてどうする。吉田が立ち向かうべきは己の心である。

「鹿取さんに連絡を取りたいときは先ほど受けた番号にかければいいですか」

「ああ。俺のケータイも闇の代物よ」

「お国のために働いていたころの代物ですか」

「ばかな。人のためにも動かん」

「だとしたら、そうとう運が悪いですね」

「最悪よ」

ノックのあと、松本が顔を覗かせた。

盗み聞きをしていたかのようなタイミングの良さだ。が、それはありえない。この部屋は厳重な防音措置が施されている。

「食事の用意ができました」

「また粥か」

「うどんです」城島にも声をかけた。「ご一緒にいかがですか」

「客に病人食を食わせるな」

「ご心配なく。血の滴るステーキも用意してあります」

「あ、そう」

城島が声を立てて笑った。

鹿取は城島を睨んだ。

「食って帰れ。出たら、ここのことは忘れろ」

「そうします」

城島があっさり返した。


なんとも情けない。歩行補助器具を押して歩いている。

「痛むのですか」

寄り添う松本が訊いた。

「転ばぬ先の杖よ」

「むこうはびっくりするでしょうね」

「ばかにされる。着いたら、ひとりで歩く」

「それはだめです」

松本が声を強めた。

花岡組事務所にむかっている。カラオケボックスから徒歩五分の距離にある。

北沢署の城島が帰ったあと、事務所に電話をかけた。「話がある。職務だ」それだけ告げた。「では、八時に事務所でどうですか」組長の花岡が返した。

「おまえは下で待て」

松本が動いた。行く手を阻まれる。顔が怒っている。

「ばかを言わないでください。誰が鹿取さんを襲ったのかもわからないのですよ」

「花岡組の連中だとしても、事務所で殺《や》るわけがない」

「なにがおきるか……相手はやくざです」

「おまえが言うとリアルすぎる。どけ。疲れる」

松本が渋々の顔で動いた。

「せめて同行させてください。別の部屋で待機します」

無視し、歩きだした。

ひとりで花岡組事務所に入った。

応接室には中井もいた。左腕を三角巾で吊るしている。

そ知らぬ顔で話しかける。

「どうした」

「犬に咬《か》まれた」

ぞんざいに言い、中井が顔をゆがめた。

「不味い肉を……ドブネズミじゃないのか」

言って、鹿取はソファの肘掛に腰をかけた。

「どうしました」花岡が訊く。

「ぎっくり腰よ。きのう励み過ぎた」

「うらやましいことで」若衆に声をかける。「俺の椅子を持ってこい」

若衆がデスクチェアーを移動し、高さを調節した。

浅く腰掛ける。ちょうどいい。傷への負担はなさそうだ。中井に顔をむける。

「どこともめている」

「なんの話や」

「被害者に何を頼まれた」

「ボケが始まったんかい。前に話したやろ」

「赤坂の店を紹介した……その見返りよ」

「あほくさ。俺の供述調書を読んでないんか」

「読むか。時間の無駄だ」

頭の中には城島の情報がある。

なぜ、被害者はＮＰＯ法人ＪＬの根本のアドレス帳をほしがったのか。

そのことへの中井の関与を疑っている。被害者が中井と食事をしたのは一月下旬、根本のアドレス帳が盗まれたのは二月半ばである。否が応でも結びつけたくなる。

とはいえ、推論をぶつけて中井が口を割るはずもない。

「鹿取さん」花岡が口をはさむ。「中井に用があって来たのですか」

「連帯責任よ」

組員の犯罪は組長にも累が及ぶ。先日の花岡とのやりとりも記憶にある。

――……。身内が下手を売ればおまえも身柄を取られるんだ――

――覚悟の上の稼業ですわ――

もっとも、花岡が中井のしのぎを知らないとは思っていない。しかも、中井は身体を傷つけられた。ほうっておくわけがない。

「クズどもの喧嘩はどうでもいい。が、捜査の邪魔になる」

「まるで中井が事件にかかわったようなもの言いですね」

口調は丁寧でも、絡みつくような目つきになった。

「捜査に協力すれば、目をつむってやる」

「…………」

花岡が小首をかしげた。

鹿取は中井に話しかけた。

「おまえが殺ったのか」

「あほな」

「そうよな。飯のタネは殺さん。で、もう一度、訊く。被害者に何を頼まれた」

「知るか」

中井がそっぽをむいた。

「鹿取さん」花岡が言う。「わかっていることを教えてくれませんか。そうでなければ捜査に協力しようがありません」

「いいだろう」

鹿取は煙草をくわえた。

神経がささくれ立っているせいか、傷がチクチクする。煙草をふかしながら頭を働かせる。やくざを相手に駆け引きするのは面倒だ。

「渋谷の紅竜会を知っているか」

「ええ」

「捜査線上にうかんだ」

「やつらの犯行ですか」

「わからん。が、捜査本部は紅竜会に目をつけた」

うそだ。そういう動きは聞いていない。

だが、そうなるのは時間の問題だと確信している。

城島と吉田には捜査会議で報告しないよう言いふくめてある。ＮＰＯ法人ＪＬの根本と紅竜会の安本との関係を知る山賀係長も捜査本部への報告を控えている。

それがいつまで続くのか。被害者もしくはムーンライトとＪＬがつながれば、根本の線から紅竜会がうかびあがる。

花岡が押し黙った。

中井はそっぽをむいたままだ。こめかみの青筋がふくらんでいる。

手持ちの情報をさらさなければ花岡は口を開きそうにない。

鹿取は話を進めた。

「被害者はあるＮＰＯ法人を調べていた。そこの理事が紅竜会の幹部とつながった」

「それだけですか」

花岡が何食わぬ顔で言った。眉毛の一本も動かさなかった。

舌が鳴りそうだ。

「紅竜会の安本宏和という男を知っているか」

「性質《たち》の悪い野郎ですね」

「NPOの理事には逮捕歴がある。証拠不十分で起訴は免れたが、その事案の捜査中に安本の関与が疑われた」

「なるほど」

「話す気になったか」

花岡が首をふる。

「手遅れですわ。中井がこの様で」

「警察を敵にまわすはめになるぞ」

「どうでもええ」関西弁になった。「けじめはきっちり取らな、代紋が泣く。神戸に顔むけできんようになる」

「けじめの相手は紅竜会だな」

「想像は勝手や」

花岡がぶっきらぼうに言った。

鹿取はふかした煙草を消した。

充分である。被害者は中井に相談した。もしくは、旨い話を持ちかけた。その話にNP

O法人JLと紅竜会が絡んでいる。花岡組と紅竜会の悶着《もんちゃく》に興味はない。捜査の邪魔になるようなら両方とも叩き潰す。

「邪魔したな」

鹿取は腰をあげた。ちくりと痛みが走った。

「鹿取さんも」花岡が目で笑う。「紅竜会に怨みがあるようですね」

「心火の敵よ」

きょとんとし、すぐに破顔した。

心火の意味をわかっているようだ。


助手席に数枚のバスタオルが敷いてある。傷口への負担を軽くする配慮だろう。

松本がその上にドーナツ型のクッションを置いた。

苦笑が洩れた。

「俺は痔《じ》じゃないぞ」

「このほうが楽です」

鹿取は助手席に乗った。シートを三十度ほど倒した。なるほど傷は気にならない。

けさも谷口医師が往診に来た。経過は良好で、腸の損傷はないという。「ただし、調子にのって暴れなければだが」医師は釘を刺すのを忘れなかった。通常食の許可もでた。さっそく二百グラムのステーキを食べた。そのあと薬をのんでベッドに潜った。午後二時に起きて熱いタオルで身体を拭き、腹に晒布《さらしぬの》を巻いた。

運転席の松本がハンドルに手をかける。

「どちらへ」

「渋谷の道玄坂」

車が発進する。

「円の女将《おかみ》さんが心配していました」

鹿取が眠っている間に着替えを取りに行ったという。

「そんなわけねえだろう。野良犬なんだ」

「放し飼いの狼でしょう」

ああ言えば、こう言う。松本も口が達者になってきた。

そのほうが安心する。煙草を喫いつけ、ウィンドーをすこし開けた。

風が心地よい。都会に暮らしても季節のにおいを感じることはある。

渋谷のスクランブル交差点から道玄坂をのぼる。

「左に寄れ」鹿取はそとを見た。「映画館の前で停めろ」

路肩に吉田裕美が立っていた。ベージュのスプリングコートを着ている。

「乗れ」

鹿取は左の親指をうしろにむけた。

吉田が後部座席のドアを開ける。

「すこしシートをおこしてください」

「辛抱しろ。痔が痛い」

「えっ。大丈夫ですか」

「なんとかなる」

吉田が乗り込み、運転席のうしろに座った。顔を近づける。

「どなたですか」

「相棒よ。痔がひどくてむりを頼んだ」

吉田がさらに顔を前にだし、松本に話しかける。

「北沢署の吉田です。自分も鹿取さんの相棒です」

「兄弟分ですね」

松本が表情を崩した。

愛嬌のある顔になっても、お里は隠せない。

「えっ……よろしくお願いします」

吉田の声に困惑の気配がまじった。

「鹿取さん、痔がひどくても電話にはでられるでしょう」

一転し、咎《とが》める口調になった。

医師の診察がおわったあと、吉田の携帯電話を鳴らした。

「うるさい。行先を言え」

「三軒茶屋の手前の三宿《みしゅく》です。三宿の交差点を左折してください」

「世田谷公園のほうへ」松本が訊く。

「そうです」

車が動きだした。

鹿取は前を見たまま口をひらいた。

「これから会うやつは何者だ」

「稲葉朋美の同級生です。重要な証言を得ました。それで何度も電話したのに……」

「くどい。瞑想《めいそう》中は電話にでない」

「瞑想……なにを」

「雑念を払う。で、大雑把な人間になれる」

「意味がわかりません」

吉田があきれたように言った。

松本が笑いを嚙《か》み殺している。

ファミリーレストランの駐車場に車を停め、店に入る。松本は車に残した。

「右の、窓際にいる女性です」

吉田が耳元で言った。

ピンクのセーターに、同色のヘアバンド。スマートホンをさわっている。

近づき、吉田が声をかける。

「矢部《やべ》さん。お待たせしました」

約束の午後三時半は過ぎていない。

矢部が首をふる。

「わたしもいま来たところです」

名乗り、鹿取は通路側に腰をおろした。

吉田がフリードリンクコーナーからコーヒーを運んできた。矢部に話しかける。

「もう一度、きのうの話を聞かせてください」

きのう吉田は渋谷区松濤《しょうとう》にある矢部邸を訪ねた。矢部瞳《ひとみ》とは会えたが、英会話のレッスン中だったらしく、家の前での立ち話しかできなかったという。

「矢部さんは稲葉朋美さんの親友だそうです」

鹿取に言い、吉田が顔のむきを戻した。

「稲葉さんは悩んでいたのですね」

「はい。彼氏と父親の間で……このひと月ほどはかなりおちこんでいました」

鹿取は吉田に目で合図した。あとは引き取る。

「彼氏の名前は」

「川上さん」表情が曇った。「まさか、殺されるなんて……」

「いつごろからのつき合いでしたか」

「去年の秋、十一月だったと思います」

「知り合ったきっかけを知っていますか」

「朋美の父親は中華料理店を経営しています。朋美がお店を訪ねたさい、面談中の川上さんを紹介されたそうです。そのときは挨拶だけだったのですが、それから数日後に街で声をかけられたと聞きました」

「稲葉さんは被害者を憶えていた」

「そうでしょうね。食事に誘われ、まよったけれど、父親の知人なら安心だろうと……無下にもできないと思い、誘いを受けたそうです」

「それが縁で交際を始めた」

「とにかく情熱的だったと……押し切られたのでしょう。朋美は免疫がなかったから」矢部が肩をすぼめる。「わたしが知ったのは交際を始めたあとでした。そのころはもう朋美がぞっこんで、いつも惚気話《のろけばなし》をしていました」

「悩みを打ち明けられたのはいつですか」

「一月の二十日ごろでした」

視線をおとし、矢部がティーカップを手にした。

「どうして悩みだしたのかな」

「父親に反対されたからです。あいつはろくでなしだと……おまえは騙されていると、毎日のように説教されたみたいです」

「稲葉さんが被害者とのことを父親に話した」

矢部が首をふる。

「川上さんが話したのです。結婚させてほしいと」

「稲葉さんには相談もなしに」

「はい。プロポーズはされていたけれど、朋美はまよっていました。あの子は外交官になるのが夢で……わたしもおなじ。でも、結婚するのが嫌なわけではなかった」

「被害者はしびれを切らし、父親に談判した」

「そうでしょうね。父親は激怒し、追い返した。その日の夜に電話がかかってきて、朋美は泣いていました」

鹿取はコーヒーで間を空けた。頭の中を整理する。

「旅行にでかけたのは知っているね」

「はい。行く三日前に会いました。旅行は父親が決めたことです。頭を冷やしてこいと……その間にあいつの化けの皮を剝がしてやるとも言われたそうです」

「稲葉さんは聞き入れた」

「あの子は父親が大好きで。逆らえなかったのでしょう。そのころは彼氏を疑ってもいました。街で会ったのは偶然だったのか。父親には折を見て自分が話すと言っていたのに、相談もなく父親に会ったことも納得していないようでした」

「それでも、被害者への思いを断ち切れなかった」

「そう思います。父親にスマホを取られたときはすっかり悄気《しょげ》ていました」

「ケータイを取られても連絡はできる」

「わたしも言いました。わたしのケータイを使っていいよって。でも、朋美は使わなかった。父親の気持を汲《く》んだのでしょう」

言って、矢部が窓を見た。道路は翳《かげ》っている。

「旅行に同行した人を知っていますか」

「はい」矢部が視線を戻した。表情が沈んだ。「父親の秘書です。朋美はひとりで行くと言ったのですが、それも父親に反対されて……朋美は憂鬱そうでした」

「どうして」

「父親の愛人ではないかと疑っているのです」

「なるほどね」

鹿取はあっさり返した。


車に戻った。

「薬の時間です」

松本が錠剤と水のペットボトルをよこした。

吉田が身を乗りだした。

「重症なのですか」

「死にはせん」

「まったく。可愛《かわい》げがない。でも、安心しました。標準語も喋れるのがわかって」

「俺はフェミニストだからな」

「自分も女です」

「そうですか」

鹿取は錠剤をのみくだした。

住所を教えると、松本がナビゲーターに入力した。

「そこに何があるのですか」吉田が訊く。

「稲葉の父親が経営している中華屋だ」

「ええっ。稲葉朋美の父親を知っているのですか」

「二日前に会って話した」

「初耳です」

「そうか。最近はド忘れもひどくてな」

「………」

うしろから鼻息が聞こえた。

松本の頬が痙攣している。

千寿楼の階段をのぼる。レジカウンターの女は無視した。

社長室のドアを開ける。

「あっ」

稲葉正義が目をまるくした。応接ソファに座っている。

鹿取はにやりとした。

「どうしました。お化けでも見たような顔をして」

「そういうわけではないが、いきなり入ってくるのは失礼じゃないか」

「居留守をつかわれてもこまる」

稲葉が眉をひそめ、正面に座る男に話しかける。

「支店長、続きは後日ということで」

「承知しました」

男が手提げ鞄《かばん》を手に、腰をあげた。

背丈は百七十センチほどか。細身の馬面。七三に分けた髪には櫛目《くしめ》がある。紺色のスーツに薄黄色のネクタイ。革靴の先端は光っている。

鹿取はドアへむかう男の前に立ちふさがった。

「失礼だが、あなたは」

「取引先の方だ」稲葉が声を張った。「無礼は許さん」

相手にせず、鹿取は警察手帳をかざした。

「警視庁の者です。あなたの名前は」

男の咽仏が上下した。顔は青ざめている。

「寺原です」

「どちらの」

「東明銀行渋谷支店で支店長を務めております。稲葉社長とは……」

「もういい」稲葉がさえぎる。「早く行きなさい」

頭をさげ、寺原が去った。

鹿取は稲葉の正面に浅く座った。傷よりも晒布が気になる。

「北沢署の吉田です」

言って、鹿取のとなりに腰をおろした。

「これはいったい、何のまねだ」

稲葉の憤懣《ふんまん》は鎮まりそうにない。先日とはもの言いがまったく違う。

「これは事情聴取だと思ってください」

「ばかな。なんの容疑だ」

「被疑者とは言ってない。それとも、身にやましいことでも」

「ない。そんなものは、ない」

「それなら素直に応じていただく。さっそくだが、どうしてうそをついた」

詰問口調になった。

「何の話だ」

「被害者との悶着を隠した」

「…………」

稲葉が口元をゆがめた。

「被害者とあなたの娘の朋美さんは結婚を約束した仲だった」

「違う。娘にその気はなかった」

「そんな話はどうでもいい。どうしてそのことを隠した」

「訊かれなかった」

「そうかい。被害者と最後に会ったのはいつだ」

稲葉が顔を横にむけた。

「答えろ。嫌なら、取調室に連行する」

稲葉が目を剝いた。目の玉がこぼれそうだ。

「なんて男だ。訴えてやる」

鹿取はテーブルの端の固定電話を稲葉の前に移した。

「警視庁か、弁護士か。さあ、かけろ。話している最中に手錠を打ってやる」

「…………」

稲葉が唖然《あぜん》とした。

鹿取は畳みかけた。

「被害者と最後に会ったのはいつだ」

「一月の半ばだった。ここで。大事な話があるというので時間を空けてやったのに……恩を仇で返して、とんでもないやつだ」

「大事な話とは何だ」

「胸くそ悪い。娘をくれと……ばかげたことをぬかした」

稲葉の声がふるえた。感情を制御できないのか。

「で、あんたはどうした」

「どうもこうもない。茶碗を投げつけて追い払った」

「それきりか」

稲葉が頷く。

「何度か電話があった。が、でなかった。店にも来たそうだが、会うわけがない」

「娘を溺愛しているのか」

「あたりまえだ」

「不安になったか」

「えっ」

「恋に狂った男は何をしでかすか、わからん」

「恋じゃない。わたしの資産がめあてだ。娘は純情だから、騙された」

稲葉が憎悪を剝きだしにした。

「それならなおさらだろう。娘を護るために、どういう手を打った」

「娘を隔離した」

「愛人を同行させ、海外旅行か。つぎはどうした。殺人を依頼したか」

「なにを言う」

「娘が旅行中にケリをつける。それが普通よ。俺もそうする」

「………」

口をもぐもぐさせたが、声にならなかった。

「どうしたのか、答えろ」

しばしの間が空いた。

「手を打つ前に、殺された」

鹿取は首をまわした。

稲葉にまだ考える余裕は残っているようだ。

「ところで、おととい、俺が来たことを誰かに喋ったか」

「誰にも……」語尾が沈んだ。

「娘を呼び戻せ」

「どうする気だ」

「事情を聞く。あんたも近々、出頭してもらう」

「なぜだ。すべてを話した。うそはない」

「誰もがそう言う」吉田を見た。「質問はあるか」

「ありません」

声が硬かった。

状況がのみこめていないのか。予備知識は与えなかった。

店を出た。松本が待つ駐車場まで三分ほどかかる。

吉田が肩をならべた。

「どうやって稲葉にたどり着いたのですか」

「数珠つなぎよ。花岡組の中井からキャバクラSGの彩乃、彩乃の同僚の美鈴。美鈴が稲葉の名前を口にした」

「どうして、渋谷の小料理屋でそのことだけ省いたのですか」

「稲葉朋美の名前がでたからだ。おまえらに予断を持たせたくなかった。城島が朋美の素性を調べたあとでいいと判断した」

吉田がこくりと頷いた。

「稲葉を疑っているのですか」

「被疑者のひとりだ。が、実行犯じゃない。稲葉は運転免許証を持っていない。おまえも見たとおり、防犯カメラに映っているバイクの男らとは体形が異なる」

「そうですね」

吉田があっさり答え、思いだしたように言葉をたした。

「まさか、東明銀行の寺原支店長に会うなんて、びっくりです」

「おまえは引きが強い」

「なにを引くのですか」

「運よ。人生の大半は運。おまえの前世はコウノトリだな」

「何ですか、それ」

「好運を運ぶ」

「自分が好運の持主とは思えません」

吉田が声を強めた。

父親の悲運が頭をよぎったか。

「勘違いするな。他人に運をもたらすと言っている」

「よろこんでいいのか……つぎはどちらへ」

「おまえは会議にでろ」

喋るのに飽きた。

「鹿取さんは、休憩ですね」

「腰が重い」

駐車場に入り、助手席のドアを開けた。

「渋谷の駅まで送ってやる」

「けっこうです。毒気にあてられたので、頭を冷やします」

吉田が歩きだした。

鹿取はそっと車に乗った。

カラオケボックスに戻り、ソファに寛《くつろ》いだ。

「晒をはずして横になってください」松本が言う。

「一服したらでかける」

「無茶です。あまり腹を圧迫すると傷口が開きます」

「また縫うさ」

怪我とのつき合い方はわかっている。何度も経験した。

どうしようもないという顔をして、松本がカウンターの中に入った。

「何を飲みますか」

「ココア」

言って、携帯電話を手にした。点滅している。上司の山賀だ。

「どうした」

《廣川がムーンライトの神崎を任意で引っ張りたいと言ってきた》

「被疑者扱いか」

《そうは言ってない。事件解明のカギを握る人物だと。被害者とＪＬの根本理事との接点を摑んだらしい。神崎と紅竜会の安本もつながった。神崎は渋谷でスカウトをしていた時期がある。そのころ、紅竜会と接触していたそうだ》
　鹿取は頷いた。
　想定内だ。スカウトマンは地場の暴力団を無視できない。
「廣川の的は安本か」
《おそらく。犯行の手口から、捜査本部も暴力団関係者を視野に入れている》
「そんなことは赤児でも考える。で、許可するのか」
《もうすぐ幹部会議が始まる。そこで判断される》
「止めろ」
《手柄がほしいか》
「そんなものは廣川にくれてやる」
《俺はどっちでもいいぞ》クックッと笑う声がした。《部下の手柄は俺の点数だ。が、JLはおまえにまかせた手前もある。止める理由を言え》
「神崎は小物だ。JLの根本もおなじだろう。廣川の目のつけ処は悪くない。が、神崎や根本を相手にしても事件の解明にはならん」
《何を摑んだ》
「これからよ」

こともなげに言った。

花岡組と紅竜会の悶着。稲葉商事の稲葉社長、東明銀行の寺原支店長。うさんくさい連中も登場してきた。被害者と稲葉朋美の仲も気になる。

山賀の声がしない。

「どうした。天秤《てんびん》が壊れたか」

《訊くが、廣川が神崎と根本を引っ張れば、おまえの邪魔になるのか》

「本丸が防御を固める」

《本丸が見えているのか》

「目の錯覚かもしれん」

《おまえのほうが先を行っている……そう思っていいんだな》

「自分で判断しろ」

通話を切った。

松本がマグカップを運んできて、腰をおろした。

香りにそそられ、マグカップを手にした。

たまに飲むココアはほっとする。二日続けば飽きる。元気なときは忘れている。

松本が口をひらく。

「これからどちらへ」

「おまえの苦手な場所だ」

「桜田門ですか」

「その枝よ。三好組が紅竜会ともめた理由は何だ」

「赤坂の土地です。他人の土地を自分の土地に見せかけて、親分の知人に売却しようとした……紅竜会は東京の地面師の元締とも聞きました」

首が傾いた。

有印私文書偽造および偽造私文書行使。ＮＰＯ法人ＪＬの根本の逮捕容疑だ。捜査員は紅竜会の安本の逮捕も視野に入れていたという。金融商品と不動産。扱うものは異なるけれど、法的な罪状はおなじである。

「灰がおちます」

松本が手にした灰皿に灰がおちた。

「稲葉という名前に憶えはないんだな」

「はい。車で待機している間も記憶をたぐっていましたが」

また首が傾く。

稲葉の言葉がうかんだ。

――恩を仇で返して、とんでもないやつだ――

――恋じゃない。わたしの資産がめあてだ――

恩の中身は何なのか。稲葉の資産はどれほどなのか。

知りたいことは幾つもある。

松本を駐車場に待機させ、渋谷署の階段をのぼった。

午後六時を過ぎてもロビーには七、八名の男女がいた。カウンターのむこうでも制服や私服の警察官が仕事をしている。

「鹿取さん」

声がして、視線をふった。

北沢署の城島が近づいてくる。

「大丈夫ですか」

「問題ない。どこで会う」

「組織犯罪対策課の取調室にしました」

「妙案だ」

鹿取も密談の場所として出動先の取調室を利用する。煙草も喫える。

城島もそう考えたか。相手の都合か。待ち合わせの時刻はまかせていた。夜なら取調室も空きがでる。同僚の耳を気にしなくて済む。

――資料は持ちだせないので、渋谷署で閲覧してください――

城島にはそう言われた。

アルミの灰皿とお茶のペットボトルを手に、取調室に入った。

ほどなくドアが開き、男があらわれた。ショートボウズ。マル暴担当にしては身体の線が細い。が、目つきでそれとわかる。

「組織犯罪対策四係の鬼頭《きとう》です」

言って、ファイルをスチールデスクに載せた。

鬼頭は城島と同期だが、階級は鹿取とおなじ警部補と聞いた。

「警視庁の鹿取です。お世話になります」

丁寧に言い、頭をさげた。

鬼頭が目元を弛める。

「よしてください。イメージが壊れます」

鹿取は肩をすぼめた。

どんなイメージなのか。訊くまでもない。悪名は知れ渡っている。

鹿取と鬼頭が向き合って座り、城島は横の丸椅子に腰かけた。

「ずっと以前、鬼頭は強行犯三係が出動した事案に参加したそうです」

「ここでか」

口調が元に戻った。

「ええ。刑事課の課長が殺された事案です。あのときは総動員でした」

思いだした。

代官山のマンションでパチンコホールの経営者が殺され、その事案を担当する部署の課長が射殺された。公安がらみの事案だった。

「もっとも、鹿取さんの活躍ぶりを知ったのは、事件が解決したあとでした」

城島が笑った。

鬼頭が怪訝そうな顔をした。

「うちの捜査本部《チヨウバ》の連中も、鹿取さんが何をしているのか知らない」

城島の話に、鬼頭も顔をほころばせた。

鹿取は煙草をくわえた。ふかし、鬼頭に話しかける。

「まずは、紅竜会のしのぎを教えてくれ」

「昔は賭博と覚醒剤がメインでした。ITバブルのころにIT業界や金融業界に触手を伸ばし、企業間、企業と顧客のトラブルなど、汚れ仕事を請け負うようになりました。リーマンショック後は金融業界に深くかかわり、不動産業界にも進出したようです。方向転換は、安本宏和が若頭に就いたのがきっかけだと言われています」

現代やくざは時代に敏感で、カネのにおいを嗅ぎ取るのが上手い。

鹿取は花岡組の組長とのやりとりを思いだした。

——食い詰めて、出稼ぎに来たのか——

——リーマンショックの後始末に来ましてん。関西でいう捌《さば》きですわ——

リーマンショックは日本の企業、とりわけ金融業界と建築・不動産業界の企業に甚大な被害を与えた。政府は日本経済を下支えするために超低金利政策を打ちだした。企業倒産の連鎖を食い止める効果はあった。それでも、企業がかかえるトラブルが解消したわけではなく、暴力団などの裏組織が暗躍したといわれている。

「とくに金融業界ですね」鬼頭が言う。「金融犯罪で連携する部署の受け売りですが、暴力団は全国の地方銀行に食いついているそうです」

鹿取はこくりと頷いた。

地方銀行の経営が危機的状況にあるのは聞き及んでいる。

劇薬ともいわれる超低金利政策のリスクをもろに被った。地域住民と地場産業が顧客の地方銀行は預金金利と貸付金利の利ザヤで経営を維持してきた。ところが、団塊世代が退職したことで個人消費が冷え込み、個人融資もむずかしくなった。経営悪化に歯止めのかからない中小企業への融資もリスクを伴う。

メガバンクのような経営統合もはかどらない。

都会といえども地場産業は冷え込んでいる。預金を融資にまわせないのだから、地方銀行の経営悪化は当然の結果である。いまや頼みの綱は不動産と生命保険が担保の融資とカードローンである。が、それもいつまで持つか。すでに倒産へのカウントダウンが始まっているともささやかれている。

「四係は、紅竜会と親密な銀行を特定しているのか」

「安本にかぎれば、東明銀行ですね。かれこれ二十年になります。渋谷、銀座、歌舞伎町などの繁華街に三十ほどのテナントビルを所有していた会社が倒産寸前にまで追い込まれた。そこに多額の融資を行なっていた東明銀行は多発するトラブルを解消するため安本を頼ったといわれています」

「銀行ぐるみか、銀行の誰かとつながったのか」

「当初は本店の不動産ファイナンスの部署が動いたと……自分らは、その部署から渋谷支店に異動し、現在は支店長を務める寺原の動きを注視しています」

鹿取はお茶と煙草で間を空けた。

渋谷署の組織犯罪対策課四係は紅竜会の安本に執着しているようだ。その邪魔はしたくない。質問事項を絞った。

「安本の人脈リストに根本洋一郎という男は載っているか」

鬼頭がファイルを捲った。

「八年前に有印私文書偽造および偽造私文書行使の容疑で逮捕された根本ですね」

「ああ。その事案で安本の関与が疑われたと聞いた。事実か」

「間違いありません。捜査二係から協力要請を受け、資料を渡しました」

「その時点で、四係は安本と根本の関係を把握していたのか」

「いいえ。情報を得たのは二係で、四係はそのウラ取りに協力しました」

「捜査報告書に紅竜会と安本の名前がないのは確証を摑めなかったからか」

「ええ」

鬼頭が眉をひそめた。戸惑いの顔になる。

ひらめき、鹿取は目元を弛めた。

「お家の事情か」

「お恥ずかしい」鬼頭が首筋に手をあてる。「当時の上司の意向で……根本が不起訴処分になったことを受け、報告書の書き直しを命じたそうです」

「上司は捜査そのものにも関与したのか」

「二係に協力した同僚は、捜査情報が洩れた可能性があるとぼやいていました。被害届を提出し、捜査に協力的だった二人が、突然、被害届を取り下げたのです。出資金が戻ってきたという理由でしたが、同僚は納得していませんでした」

「被害届をだした二人の素性がばれて、安本が動いた……そういうことか」

「同僚はそう読んでいました」

鬼頭が表情を戻した。

後日談がありそうだ。が、本筋からはずれる。鹿取は質問を変えた。

「千寿楼という中華屋のオーナー、稲葉正義を知っているか」

「はい。安本がもっとも頼りにしていると思われる人物です。稲葉商事は安本組の金庫……自分らはそう睨んでいます」

「中華屋にそれほどのカネがあるのか」

「正業のほうではありません。稲葉商事は千寿楼にかかわっていない。稲葉が所有するマンションの管理・運営を行なっています」

「幾つもあるのか」

「昨年末の時点で、稲葉正義と稲葉商事名義の物件は三十八あります。大半は中古マンションを購入したものです」

鹿取は頭をふった。数字は苦手だ。

「購入価格は千五百万円から三千八百万円まで。すでに売却した物件を除いても、購入総額は十三億円を超える。それに、購入時の諸経費、固定資産税、維持・管理費を加えれば二十億円にのぼると推定できます」

「購入資金は自費……そんなわけはないか」

鬼頭がにんまりとした。

「東明銀行です。しかも、購入額のほぼすべてを融資している。過去に購入して売り捌いた分をふくめれば、判明しているだけで五十億円を超える。千寿楼の土地と建物、購入したマンションを担保に取っているとはいえ、異常な融資です」

「それに紅竜会の安本が絡んでいるわけか」

「確証はありません」

鬼頭の声が強くなった。悔しそうだ。

「投資目的なんだな」

「どの物件も二年と経たない内に手放しています」

「売り抜けか」

「そこですよ」鬼頭が前のめりになる。「合点が行かないのは。利益を確保するための売り抜けでしょう。なのに、ほとんど利益がないのです」

「………」

鹿取は口をつぐんだ。

そんなことはない。声になりかけた。

思慮を巡らす前に、鬼頭が口をひらいた。

「鹿取さんに期待しています」

「ん」

「城島から鹿取さんの名前を聞いたとき、光明が射した気分になりました」

「気のせいよ」

「それでも期待します」

「するな。こっちの事案に紅竜会がかかわったのかどうかも不明なんだ」

「だとしても、安本に目をつけておられる」

「………」

鹿取は口をつぐんだ。

城島は押し黙ったままだ。鹿取と鬼頭の顔を交互に見ている。

「城島、質問はあるか」

「ないです」

鹿取は視線を戻した。

「ところで、紅竜会に、左眉に傷のある男はいるか」

「います」

きっぱりと答え、鬼頭がファイルを捲った。

「この男です」

ファイルの向きを変える。何人もの顔写真がある。そのうちのひとりを指さした。

「内山忠成《うちやまただなり》、三十八歳。殺人未遂と傷害の罪で計六年半、塀の中です。元暴走族ですが、二度目の出所後に安本の舎弟となり、紅竜会の盃を受けました」

「暴走族……」

城島がつぶやいた。

鹿取は目で制した。

「この男が何か」鬼頭が言う。

「借りるぞ」

言ってファイルのシートを剝がし、写真を手にした。裏に経歴が記してある。


鬼頭に玄関まで見送られた。

鹿取は無言で駐車場へむかった。

助手席に乗り、シートベルトを装着する。

後部座席から城島の声がした。

「眉に傷のある男……内山が鹿取さんを襲ったのですか」

「目だし帽に手をかけたとき、傷を見た。が、それだけでは断定できん」

「そうですね。しかし、暴走族あがりというのも……」

「やめろ」

鹿取は語気を荒らげた。

「どちらへ」松本が訊く。

「赤坂に帰る。その前に、どこでもいい。丸ノ内線の駅で停めろ」

松本が車を動かす。

また城島の声がした。

「紅竜会の安本、千寿楼の稲葉、東明銀行の寺原。三人の関係は見えてきました。それにJLの根本はどうかかわっているのでしょう」

「かかわっていると決めつけるな。欲のネタは掃いて捨てるほどある」

ため息が届いた。

車内が静かになった。

松本がしかつめ顔で運転している。

★

★

駅前のスーパーマーケットで買い物を済ませ、夜道を駆けた。

靴を脱ぎ捨て廊下を走る。キッチンに飛び込んだ。

「ごめん」声がかすれた。

テーブルにいる母と小杉真代が顔を見合わせて笑った。

「死にそうな顔をして」

「裕美の遅刻は慣れているよ」

母と真代の声がかさなった。

肩で息をし、吉田はスプリングコートを脱いだ。上着も脱ぐ。

「先に食べていればよかったのに」

テーブルには鉄板焼きのプレートと野菜が載った大皿がある。

「なに言っているの」母が言う。「肝心なものが届かないのに」

「そっか」

吉田は笑い、レジ袋を渡した。

メールで牛肉を買って帰るよう頼まれた。四時間ほど前のことである。応諾した。小杉が仕事を休んだという。昼間の電話で教えたいことがあるとも言われ、小杉を自宅に誘った。夜の会議には参加しないで、午後七時には帰宅する予定だった。

だが、母のメールを受け取ったあと、鹿取から電話が入った。会議に参加し、捜査状況と捜査本部の方針を確認するよう命じられた。おかげで一時間半の遅刻である。

「真代ちゃん、ビールをだして」

言って、母がレジ袋を手に立ちあがった。

「着替えてくる」

吉田は廊下に出て、階段をのぼった。

スエットの上下に着替え、煙草《タバコ》を喫《す》いつけた。一服し、携帯電話を耳にあてる。

「吉田です。体調はいかがですか」

《痔《じ》は治った》

そっけない返事だった。

心配して損をした。いつも思う。

「廣川警部補がやたら張り切っています。会議は警部補の独壇場でした」

《やつは誰かの名前を口にしたか》

「はい。あす、ムーンライトの神崎を任意で引っ張るそうで、幹部も了承しました。警部補は神崎と紅竜会の安本との接点を摑《つか》んだようで、安本を視野に入れているものと思われます。警部補に先を越されてしまいました」

《くだらんことをぬかすな》

「すみません。しかし、廣川警部補の思惑どおりに進めば、こんごの捜査方針が固まってしまいます。鹿取さんは動きづらくなるでしょう」

《俺は俺だ。廣川はＪＬの根本の名前をだしたか》

「いいえ」

《おまえは発言しなかっただろうな》
「はい。自分らも紅竜会を的にしていると言いたかったけれど、我慢しました」
声に悔しさがにじんだ。鹿取に一切発言するなと釘を刺されていた。ふと、城島が会議に参加していなかったのを思いだした。
「城島さんと一緒ですか」
《ついさっき別れた》
「二人で何を……」
《うるさい。俺のやり方が気に入らんのなら廣川の下についてもいいぜ》
「どうしてそんな言い方しかできないのですか」
喋《しゃべ》っている途中で通話が切れた。

にぎやかな食事のあと、小杉を連れて二階の部屋に戻った。

McCOY TYNERの『NIGHTS OF BALLADS & BLUES』。会話の邪魔にならない曲を選んだ。考え事があるときに流している。

小杉を籐《とう》椅《い》子《す》に座らせ、吉田はベッドの端に腰かけた。

「何があったの」

言って、煙草に火をつける。

「きょうのお昼にＪＬの会員の石橋《いしばし》さんに会ったの」

食事中とは打って変わり、神妙な顔つきになった。

「仕事を休んで」

「そう。前の夜に電話で話をして……ＪＬの会員とはほとんどつき合いがないけれど、石橋さんとは講習会のあとお茶をすることもあった。石橋さんもマンションを購入したのを知っていたから電話してみた」

吉田はこくりと頷いた。空唾をのんだのかもしれない。俄然《がぜん》、興味が湧いた。

小杉が続ける。

「石橋さんもおなじ持主から物件を購入したと聞いて会いたくなったのよ」

「稲葉商事か」早口になった。

鹿取と千寿楼に行き、稲葉正義と面談したあと、小杉の携帯電話を鳴らした。小杉が誰からマンションを購入したのか知りたかった。

「うん。仲介した不動産業者も、不動産業者を紹介した人もおなじだった」

「どこの不動産業者」

「親輪住宅リース」

「そこを紹介したのは東明銀行の寺原支店長ね」

「そう。寺原支店長を紹介したのはＪＬの根本理事……つまり、最初から最後までわたしとおなじパターンでマンションを購入していた」

「いつのこと」

「わたしより一年早かった」

「真代がマンションを購入するさい、石橋さんに相談しなかったの」

「初めてお茶したのはわたしが買ったあとよ」

「そうか」

吉田は煙草で間を空けた。鼓動が速くなっている。煙草を消した。

「石橋さんのほうは順調なの」

小杉がぶるぶると首をふる。

「それよ。お仕事を休んでまで会いたくなったのは。きのうの電話で、石橋さんが弁護士に相談していると聞いて……矢《たて》も楯《たま》も堪らなくなった」

「トラブルか」

「そういうことじゃなくて、石橋さんのマンションは半年間も空き家なの。そのうえ、本人は三か月前にリストラされ、いまは失業中だって」

「そんなことで弁護士に相談しても埒《らち》は明かないでしょう」

「わたしもそう思った。でも、石橋さんは不動産業者と約束したらしいの。マンションを手放すときは、責任を持って転売するって」

「書面を交わしたの」

「してない。石橋さんは将来に不安を覚え、リストラ直後に不動産業者を訪ね、転売を依頼した。ところが、不動産業者は依頼を受けたものの、転売の確約をした憶えはないと言い張ったみたい。だから、弁護士に相談したのよ」

「約束したときに立ち会った人物はいなかったの。真代が売買契約を結んだときは東明銀行の支店長が同席したんでしょう」

「石橋さんも契約のさい支店長が同席していた。それを聞いた弁護士が寺原支店長に面談した。でも、支店長はそんな話を聞いた憶えはないと」

「………」

吉田は口をつぐんだ。

のめり込みそうなほどの情報である。小杉に訊きたいことは幾つもある。あしたにでも石橋に会って話を聞きたい。が、小杉の心中が気になる。

「ねえ、裕美」

声がして、それていた視線を戻した。

「捜査はどうなの。殺人事件は、マンションの売買と関係があるの」

吉田は眉をひそめた。

小杉の疑念と不安は止めどなくひろがっているようだ。これまで小杉にはNPO法人J

Lの根本理事と東明銀行渋谷支店の寺原支店長に関する質問しかしなかった。きのうの電話で小杉から稲葉商事の社名を聞いたときも感情は抑えたつもりである。

しかし、小杉を安心させる言葉は見つからなかった。適当にごまかすのは友人に対し失礼だ。気休めのひと言は信頼を裏切る。

小杉の目が催促している。

吉田はその目を見つめた。

「いま言えるのは、事件の背景に根本理事や寺原支店長、稲葉商事の稲葉社長がいるってことだけ。彼らが事件にかかわったのかどうかはわからない。でも、捜査本部が彼らに着目しているのは事実で、わたしも彼らの身辺を捜査している」

一つひとつの言葉を嚙《か》みしめるようにゆっくり喋った。

精一杯の誠意である。ムーンライトの神崎は不動産売買と関係ないと思うし、紅竜会の安本のことは口が裂けても話せない。知れば、小杉は卒倒するだろう。

「わたし……まんまと嵌《は》められたのね」

小杉がうなだれた。

吉田はベッドを離れ、床に尻をついた。小杉の膝に両手をあてる。

「どうしてそんなふうに言うの。事実は何もわかっていないのよ。三人が不動産売買で結託し、JLの会員にマンション購入を押しつけたとしても、購入者が被害を被ったとはかぎらないでしょう。真代の話を聞くかぎり、石橋さんが詐欺に遭ったとは思えない。詐欺と判断できるのなら、弁護士は訴訟に持ち込むはずよ」

「そうね。でも、釈然としない。根本理事と寺原支店長と不動産業者にまるめ込まれてマンションを買わされたのは事実のようだし」

「それもいずれわかる」

吉田は小杉の両膝をゆすった。

「真代、しっかりして。必ず、わたしが事件を解決してみせる。事件の背景があきらかになれば正直に話してあげる」

「うん」

小杉は顔をあげなかった。

むりもない。事実を示さなければ小杉の心は晴れないだろう。

だが、吉田は先行きを案じてはいなかった。マンション売買の背景がどうであれ、事実があきらかになれば小杉はきっと立ち直れると信じている。


東京メトロ青山一丁目駅から地上に出た。

陽射しがまぶしく感じる。道行く人の顔はあかるかった。土曜ということもあるのか、カジュアルな身なりの若者がめだった。

午前十時になろうとしている。

吉田はスマートホンを手にした。アプリで地図を確認する。赤坂見附方面へすこし歩いた左側にめざすカフェテラスがあった。客は三分ほどの入りだった。

窓際の席に座り、レモンティーを注文した。

十分ほど待たされた。煙草がほしくなったころ、路上に女の姿を見た。オフホワイトのチノパンツにレモンイエローのセーター。ＮＰＯ法人ＪＬの森永代表である。

けさ、北沢署に行く途中で森永の携帯電話を鳴らした。

――あしたの講演の打ち合わせがあります。日を改めてほしいけれど、どうしてもと言われるのなら自宅の近くまで来てください――

言葉遣いは丁寧でも迷惑そうなもの言いだった。

脇目もふらずに歩き、森永がカフェテラスのドアを開けた。

吉田は立って迎えた。

「ご多忙のところを恐縮です」

「いいえ」

ものぐさそうに返し、森永が席に座った。ウェートレスにジャスミンティーを頼み、吉田に顔をむける。

「重要な話なの」

「ムーンライトとJLがつながりました」

「えっ」

森永の細い眉がはねた。

「正確に言えば、ムーンライトの神崎専務とJLの根本理事は旧知の仲で、殺害されたムーンライトの川上社長もそのことを知っていたと思われます。ちなみに、一月下旬、被害者は根本理事に会うためJLを訪ねていました」

「………」

森永のくちびるが動いたが、声にならなかった。

「根本さんはどうしてうそをついたのでしょう」

「そんなこと……わたしに訊《き》かれても……」

「根本さんは、あなたにも隠していたのですか」

「どういう意味」森永が気色ばむ。「わたしまでうそつきだと言うの」

「前回の証言の確認です」

吉田は語気を強めた。

きょうも森永のペースに乗せられるわけにはいかない。何としても森永の言質を取る。そう覚悟を決めて鹿取に連絡し、森永と面談する許可を取ったのだった。鹿取が廣川警部補の動きを気にしなくても、自分は気になる。NPO法人JLを担当しているのだ。神崎の事情聴取をおえれば、廣川警部補は根本や森永に目をむけるだろう。先を越されるどころか、捜査の蚊帳のそとに置かれてしまう。

ウェートレスがティーカップを運んできた。

森永は手に取ろうともしない。うかない表情になった。

「近々、根本さんは事情を聞かれると思います。おそらく、あなたも……」

「冗談じゃない」

森永の声がひきつった。

「改めて訊ねますが、被害者とは面識がなかったのですか」

「ええ。名前も知らなかった」

「事件のあと、根本さんから聞かなかったのですね」

「そうよ。わたしが疑われるなんて、許せない」

吉田は頷いた。

ここまでは想定内だ。森永が被害者とのかかわりを否定したときのための質問も用意してある。捜査情報の漏洩《ろうえい》は内規違反だが、それもいとわない。

「根本さんと神崎さんは暴力団と親しい関係にあるようです」

「………」

森永が目を見開いた。口も半開きになる。

吉田は畳みかけた。

「ご存知ありませんか」

「知らないわよ」

「根本さんと暴力団の関係はあなたにとって他人事《ひとごと》ではありませんよ。事実があきらかになれば、NPO法人の認可は取り消されるでしょう」

「そんな、ばかな……JLはわたしの生き甲斐《がい》、命そのものよ」

「だとしても、法は法です」

突きはなすように言った。

森永が肩をおとした。ため息がこぼれる。

「あなたが事件と無関係であることを証明するためにも捜査に協力してください」

森永が顔を上下させた。ものを言う気力も失《う》せたようだ。

「では、質問を続けます。東明銀行渋谷支店の寺原支店長をご存知ですか」

「ええ。彼も事件に関係があるの」

「お答えできません。寺原支店長とはどういう縁ですか」

「根本に紹介されました。支店長とは十数年来のつき合いだと聞きました」

「寺原支店長はJL主催の講演会や講習会に顔をだしていますね」

「ええ。会員の講習会では講師をお願いしたこともあります。わたしは経済や金融にあかるくなくて、根本が支店長に依頼したようです」

「それだけですか」

「えっ」

「寺原支店長はＪＬの会員の方に不動産投資を勧めていました」

「そんな……初耳よ。講習会でそんな話はしなかった」

「個人面談です。根本さんが仲介していました」

「ほんとうなの」

「事実です。実際にマンションを購入された方々の証言もあります」

話しながら、背筋が冷たくなった。

警察情報の垂れ流しである。露見すればきびしい処分を受けることになる。

「つぎに、稲葉という名前に心あたりはありますか」

森永が首をふる。

「根本さん、もしくは寺原支店長から聞いたこともないですか」

「ええ。何をされている方なの」

「それもお答えできません」ひと息ついた。「ＪＬを設立されたのは二〇一二年ですね。設立の趣旨は読みました。設立はあなたの発案ですか」

森永の表情が翳《かげ》った。思案するそぶりを見せたあと口をひらく。

「自立志向の強い女性の力になりたい。それはわたしの意思よ。でも、NPO法人の設立は根本の提案だった。じつは、根本はわたしの客だったの。ソープランドの……クラブやキャバクラにも来てもらった。わたしの身体がめあてだったけど。あの年の夏だったか、一緒にNPO法人をやろうと持ちかけられた」

「突然に」

「そう。わたし、興味はなかった。でも、根本が言ったの。いまは殺伐とした時代で、皆が心のオアシスを探し求めている。わたしの体験を活かして、若い女性たちのためになる活動をしようと……熱心に誘われた」

途中から森永の舌が滑らかになった。熱も感じられた。

「設立の準備とか、大変だったでしょう」

「そういうのはすべて根本がやってくれた。設立の趣旨はわたしが考えたけれど、それに沿ったPR活動も会員募集も根本が担当した」

「会員は順調に集まったのですか」

「ええ。ネットでのPRのほか、根本は女性たちにダイレクトメールを送ったようで、講演や講習会を開くたび予想以上の方々に参加していただいた」

「根本さんはそうできる手段や人脈を持っていたということですか」

「さあ。くわしいことはわからない。ただ、わたしは職務にのめり込んで……JL設立のきっかけをつくったのは根本だけど、ＪＬはわたしのものよ。わたしが、独身女性のハートをキャッチしたの」

いつの間にか、森永の顎があがった。

渋谷のホテルのティーラウンジで会ったときの顔がかさなった。

自慢話はうんざりする。

「いまの話に偽りはないですね」

「もちろん」

声に張りが戻った。

「では、そのように報告します。ほかの方の供述と食い違いがあれば、改めて事情を伺うことになります」

森永が眉をひそめた。不満そうだ。

「ご協力、感謝します」

吉田は席を立った。長居は無用だ。

★　　　★

シャワーを浴びて身体を拭き、腹に晒布《さらしぬの》を巻いた。違和感はほとんどない。日曜のきのうは外出せず、のんびり過ごした。

カウンターのスツールに腰をかけ、頬杖《ほおづえ》をつく。煙草をふかした。

松本がコーヒーを置く。

「安心しました」

「ん」

「いつもの所作に戻りました」

「おまえはウォッチャーか」

「ほかに趣味はありません」

澄ました顔で言い、松本がマグカップを手にした。

カウンターの携帯電話が鳴りだした。画面を見る。上司の山賀だ。

「どうした、風見鶏」

《知っていたのか》声が弱い。

「相棒から報告があった」

吉田からの電話で、ムーンライトの神崎を任意で引っ張ることを知った。動揺はなかった。他人のやることに文句はつけない。我道を行く者の仁義である。

《ついさっき、神崎が取調室に入った。俺は蚊帳のそとに置かれた》

「廣川に嫌われたか」

《かもしれん。任意で引っ張るにはウラが乏しいと反対したからな。廣川はおまえを意識しているんだろう。俺がおまえに情報を流すと思っているのか。訊問《じんもん》は自分がやるから取調室に入るなと、喧嘩腰《けんかごし》で言われた》

忌々《いまいま》しそうなもの言いだった。

山賀の取り調べは定評がある。臍《ほぞ》を噛む思いだったか。

「寝返ってもいいぞ」

《いまさら遅い》声音が戻った。《どうだ。捜査は進んでいるか》

「手応えはある。が、先のことはわからん」

《まったく。おまえを相手にすると、胃に穴が開く》

「些細《ささい》なことよ」

さらりと言って、通話を切った。

むだ話につき合っているひまはない。約束の時間が迫っている。

松本に顔をむけた。

「おまえはここにいろ」

「いやです」

松本が声を張った。

「安心したんだろう」

「それとこれは……鹿取さんにもしものことがあれば悔やんでも悔やみきれません」

「ばかなことを」

煙草を消し、頬杖をはずした。

ジャケットを着て、コートを手にする。

「拳銃《チャカ》は」松本が訊く。

「いらん」

言い置き、部屋を出た。


乃木坂通を右折し、坂の途中にあるマンションに入った。

エントランスのインターホンを押した。

「鹿取だ」

《どうぞ》

自動ドアが開いた。エレベーターで七階にあがる。通路奥のドアの前に立った。上部に防犯カメラが取り付けてある。チャイムを押す前にドアが開いた。

スーツを着た男には見覚えがある。マンションカジノの雇われ社長だったか。ここを訪ねるのは二度目である。前回は松本が同行した。

「お待ちしていました」

部屋に案内された。

右にブラックジャック卓、左はバーカウンター。正面にエイトバカラの卓がある。前回とは風景が異なる。ブラックジャック卓の場所には応接セットがあった。

鹿取はスーツの男に声をかけた。

「繁盛しているようだな」

「おかげさまで」

「ブラックジャックをやる客もいるのか」

「気分転換で遊ばれます」

それならわかる。マンションカジノの大半はバカラ卓しか置いていない。ゲームがシンプルで、進行が早い。客が熱くなりやすいゲームでもある。

隣室のドアが開き、花岡があらわれた。

赤のVネックセーターにカーキ色のコットンパンツ。ラフな恰好《かっこう》をしていても極道者とわかる。目つきが鋭く、頬に翳がひそんでいる。

「おまえはそとに出ろ」

花岡に言われ、スーツの男が立ち去った。

隣室に入った。十平米ほどか。ローズウッドのデスクと黒革のソファがある。

――差しで話がある――

けさ、鹿取は電話でそう告げた。マンションカジノでの面談も要望した。月曜の昼前に賭場が立つことはないと読んでのことだった。

花岡と向き合った。

「ずばり訊く。中井は被害者から何を頼まれた」

「……………」

顎をしゃくるようにして、花岡が首をまわした。

かまわず続ける。

「被害者に依頼されたか、相談されたか。中井が動き、紅竜会を怒らせた」

「なんで決めつける」

「おなじ日、俺も襲われた。三人組に」脇腹をさする。「警察官殺しのリスクも顧みずに……襲った連中はそれほど護りたいものがあるということだ」

「紅竜会の仕業で間違いないんか」

「十中八九。ひとりはあたりがついた。まだ野放しにしているが」

「なんで」

「雑魚の相手をしているひまはない」

こともなげに言い、煙草を喫いつけた。ふかし、花岡を見据える。

「俺の件もふくめ、別件は無視する。質問に答えろ」

「うちと紅竜会のいざこざも無視するんか」

花岡のもの言いはこれまでとあきらかに違う。関西訛《なまり》がきつい。同業者を相手にしているようで、表情には隙がない。稼業と代紋を背負っているということか。

「紅竜会をつぶそうと、俺は目をつむる」

「あんたの協力要請をことわれば、どうなる」

「知れたことよ。中井の身体に訊く。だが、俺も脇腹に傷を負った。むだな体力は使いたくない。時間もむだにする」

「ええやろ」

言って、花岡が腰をあげた。

隣室に消え、ほどなく戻ってきた。ワイングラスを置き、ボトルを傾ける。

「きのうの残りものだ。値は張るが」

花岡が咽《のど》を鳴らした。

鹿取は舐《な》めるように飲んだ。ぶどうジュースのようだ。ワインの味はわからない。

花岡が視線を戻した。

「殺された川上が妙な話を持ちかけてきた。それが始まりよ。川上の会社の専務がＮＰＯ法人に顧客データを流していて、それを利用し、カネ儲けを企《たくら》む連中がおるとな」

「個人名を言ったのか」

「ああ。ムーンライトの神崎専務、NPO法人JLの根本理事、稲葉商事の稲葉社長……三人はグルやとほざいた」

「被害者は中井に何を頼んだ」

「それよ。妙な話と言うたんは。川上は連中を懲らしめてくれと……カネにしたいなら何をしても構わないとぬかしたそうな。そんな話があるか。中井は裏があると睨んだ。で、三人の履歴を調べた。神崎は梲《うだつ》のあがらぬ野郎だったが、根本と稲葉には興味を覚えたそうや。根本は経営コンサルの肩書も持っていて、紅竜会の安本とつるんでいるのがわかった。稲葉も安本とつながっていた」

「警察情報か」

ほかは考えられない。

花岡がにやりとした。

「稲葉商事はこの六年間で五十を超えるマンション物件の売買をしていた。そこまでわかれば、中井が見逃すはずもない。けど、どこの馬の骨かわからん男の話だけで動けば下手を売る。で、中井は確かなウラを取ることにした」

「被害者に根本のアドレス帳を盗ませた」

「そこまでわかっているのなら話が早い。根本が東明銀行渋谷支店の寺原支店長と親しいこともわかった。あとは芋づる式よ。東明銀行と稲葉商事の取引状況を調べ、中井はカネになると踏んだ。そこまでは上出来や」

一気呵成《いっきかせい》に喋り、グラスを空けた。

「けど、中井はひとりでかかえた。俺に相談すれば面倒にならずに済んだものを」

「中井は東明銀行の寺原を的にかけたわけか」

「カネになるのはそこや」にべもなく言う。「が、中井は能が無さすぎる。東明銀行の渋谷支店に乗り込むなんざ、ひと昔前のやくざや総会屋のやることよ」

鹿取は肩をすぼめた。

おまえならどうする。訊きたいのを堪《こら》えた。本題から逸《そ》れる。

花岡がワインを注いでグラスをあおった。ひとつ息をつく。

「俺の話はおわった。訊きたいことはあるか」

「被害者のことも調べたか。専務の神崎とはどういう仲だ」

「二人ともゴミよ。川上は渋谷でデリヘルをやっていた。渋谷でスカウトをしていた神崎は川上に女を斡旋《あっせん》していたそうな」

「ムーンライトはどっちの発案だ」

「知らん。けど、たぶん人脈とその後の経緯から判断して神崎やな。スカウト時代の神崎は紅竜会の安本の世話になっていた」

「被害者と安本は接点がなかったのか」

「そのようだ」

頷き、鹿取はあたらしい煙草に火をつけた。

被害者は稲葉親子とのことを中井に話さなかった。それなら、中井に妙な話を持ちかけたのも納得できる。稲葉を窮地に立たせたかったのだ。中井が稲葉を的にかければ、それに乗じて稲葉を威《おど》し、朋美との結婚を迫るつもりだったか。

それにしても浅はかな男である。花岡の話を聞くかぎり、被害者が稲葉商事の不動産売買のからくりを知っていたとは思えない。ムーンライトの顧客データの流出ごときでやくざを利用するとはとんだ愚か者である。

煙草をふかし、口をひらく。

「東明銀行は諦めろ。極道の面子《メンツ》には目をつむる」

花岡は舎弟の中井が傷つけられたのを口実に紅竜会と掛け合うだろう。

「そのつもりよ。しのぎのネタは腐らん。紅竜会に手を引かせ、熱がさめたころじっくり攻める。東明銀行はいずれ俺のものになる」

「俺に手の内を見せるな」

「秘密の共有……のちのちの保険や」

花岡がニッとした。

あまい。鹿取は目で告げた。

取引は一度きりだ。やくざとの腐れ縁を引きずるつもりはない。

そう思ったあと、苦笑が洩れた。例外もある。


いったんカラオケボックスに戻り、タクシーを使って渋谷へむかった。同行したいと松本が駄々をこねたけれど、ほかにやらせたいことがあった。

道玄坂の喫茶店に入った。

壁際の席で、吉田が手帳を見ていた。

正面に座り、コーヒーを注文した。吉田に話しかける。

「JLの森永に会えたか」

「はい。すみません。警察情報を教えてしまいました」

「俺に謝るな。気が咎《とが》めるなら監察官室に報告しろ」

「もう」拗《す》ねたように言う。「森永代表が被害者と面識がなかったのは事実のようです。被害者がJLのオフィスを訪ねたことも知りませんでした」

「それを鵜呑《うの》みにしたのか」

「はい。それなりの理由はあります。根本理事が任意の事情聴取を受けること、根本理事が暴力団とつながっていることを教えると、彼女はひどく狼狽《ろうばい》しました。そのあとは保身に走るかのようにべらべら喋りました」

「あまいぞ」

「えっ」

「森永が単にＪＬの広告塔だったとしても、いずれ事情聴取を受ける。根本を引っ張っておいて森永は無視するとは思えん。保身に走るような女なら、おまえとのやりとりを逐一話す。そうなれば、監察官室に呼ばれる」

「覚悟の上です」

吉田が即答した。

ウェートレスがコーヒーを運んできた。

ひと口飲んで、話を続ける。

「個人名はだしたか」

「東明銀行渋谷支店の寺原支店長とＪＬの根本理事の関係を訊きました。森永代表は支店長と面識があるのは認めましたが、根本理事と支店長がＪＬの会員に不動産投資を勧めていることは知りませんでした」

「だろうな」

そっけなく返した。

「質問があります」吉田が顔を近づける。「さっき、鹿取さんは森永代表を単なる広告塔だと……あれはどういう意味ですか」

「言葉どおりよ。ＪＬの実質的な設立者は、おそらく根本だ。カネ儲けのために」

吉田の表情があかるくなった。

「それで理解できました」

「何を」

「根本理事は森永代表が働いていたソープランドの客だったそうです」

「本人がそう言ったのか」

「臆面もなく。根本は身体めあてでキャバクラやクラブにも通ったと」

「ＪＬ設立のきっかけも喋ったか」

「はい。森永代表の経験を活かし、若い女性のためになる活動をしようと、熱心に誘われたと聞きました」

「若い女……根本はそう言ったのか」

「森永代表の話ですが……それが何か」

「何でもない」

吉田が小首をかしげ、思い直したように口をひらく。

「根本理事が森永代表との縁を続けたいためにＪＬを設立したのかと思いました」

「切れるときは切れる。男と女の一寸先は闇よ」

「実感がこもっていますね」

吉田が目元を弛《ゆる》めた。

「くだらんことをぬかすな。過去は忘れた。あしたのことはわからん」

「どうして、そう投げやりなのですか」

「そう見えるのか」

「ほんとうはそうではないと思うから……」

言葉を切り、吉田が表情を曇らせた。

「人にどう思われようと、何を言われようとかまわん。が、俺の相棒でいるうちは俺のことを詮索するな。疲れるだけだ」

「………」

吉田が何か言いかけたが、声にならなかった。

「森永以外に収穫はあったか」

「ここにくる前にJLの会員の方と会いました。その方は根本理事に寺原支店長を紹介され、支店長に勧められて稲葉商事が所有するマンションを購入したそうです」

「支店長が稲葉の物件を勧めたのか」

「支店長が紹介した不動産業者に勧められたと。購入された方は十三年勤めた会社を三か月前にリストラされ、現在は就活中です。それなのに購入したマンションの借り手がなくて、転売するさいは責任を持つと約束した不動産業者に泣きついたところ、そんな約束はしていないと言われたそうです」

「購入資金は」

「三百万円を自費で、残りは東明銀行から融資を受けたそうです」

「それなら契約時に銀行も同席しただろう」

「ええ。でも、同席した寺原支店長は憶えがないと」

「………」

口をつぐみ、鹿取は椅子にもたれた。

同情の念は湧かない。自業自得。人の欲にリスクはつきものである。寺原支店長と不動産業者に稲葉商事。三者の密談が聞こえてきそうだが、詐欺にはあたらない。

吉田が目で言葉を求めている。

「どこの不動産業者だ」

「親輪住宅リース。親輪不動産の子会社で、マンションの売買と管理をしています。宮益坂にある渋谷支店の営業課長が担当だったそうです」

「ほかにも同様のケースがあるのか」

「はい。じつは、自分の友人もおなじ被害に遭っています」

「前に聞いたJLの会員か」吉田が頷くのを見て続ける。「どうして黙っていた」

「プライベートなことなので……投資目的でマンションを購入したのも、この三か月借り手がなくてこまっているのも知っていたのですが、詳細を聞いたのは事件発生のあと……先ほど会った方のことを聞いたのは先週でした」

「公私混同だ」

「えっ」

「おまえは被害と口にした。それは事実と異なる」

「すみません」

「まあ、いい。友だちが購入した経緯もおなじか」

「そっくりおなじです」

吉田が声を強めた。

鹿取は苦笑を洩らした。

警察官も人の子。感情はある。心配事を話して気が弛んだか。

「そのことを城島にも話したか」

「いいえ」

「話せ。城島におまえの友だちと被害に遭った女から事情を聞くよう頼め」

「事情を聞いてどうするのですか」

「知れたことよ。タイミングを見計らい、捜査会議で報告する」

「それなら自分がやります」

「ばかか、おまえは。捜査員の友だちの証言は採用されん」

「………」

吉田の眉が八の字を描いた。くちびるがふるえだした。

気持はわかる。捜査会議で報告すれば、二人の女は正式に事情聴取を受け、供述調書に署名、捺印《なついん》することになる。

だが、吉田にかける言葉は持ち合わせていない。

「行くぞ」

鹿取は伝票を手にした。


スクランブル交差点を渡り、ＪＲ山手線のガードを潜った。明治通を横切り、宮益坂をのぼる。吉田は遅れがちだ。喫茶店を出てからずっと携帯電話を耳にあてている。

坂の中ほどで足を止めた。オフィスビルの袖看板を見る。〈３Ｆ〉の欄に〈親輪住宅リース〉の文字がある。

「営業の高島《たかしま》課長です」

声がして、ふりむいた。

いつもの顔に戻っていた。城島と話して気分がおちついたか。

「おまえが訊問しろ」

「不動産売買の件ですか」

「それは早い。質問はＪＬの根本との関係に絞れ。そうすれば、おそらく東明銀行の渋谷支店長の名前がでる。そこから先は臨機応変。ただし、間違っても、自分から稲葉商事や紅竜会の安本の名前は言うな」

「わかりました。躓《つまず》きそうになったら、助けてください」

「ああ」

エントランスに入り、エレベーターに乗った。


応接室に案内された。

ほどなく男があらわれた。ずんぐりしている。丸顔の前頭部は禿《は》げあがり、耳朶《みみたぶ》がおおきい。視線が合うなり笑顔を見せた。名刺ケースを手にする。

「営業の高島です」

「北沢署の吉田、連れは警視庁の鹿取です」

吉田は名刺をださなかった。

ソファに座り直した。吉田と高島が向き合う。鹿取は吉田のとなりに座した。

「刑事さんがどのようなご用件でしょう」

「自分らは世田谷区宮坂でおきた殺人事件を担当しています。さっそくですが、被害者の川上洋さんをご存知ですか」

「川上さん……記憶にありませんね。何をされていた方ですか」

「ムーンライトという人材派遣会社を経営していました」

「わが社とお仕事上のつき合いがあったのですか」

「ないと思います。では、ＮＰＯ法人ＪＬはご存知ですか」

「存じております。そちら様とも仕事上のつき合いはありません。が、理事をされておられる根本さんとは面識があります」

「どういう関係ですか」

「さて」高島が訝《いぶか》しそうな目をした。「根本さんが事件に関係あるのですか」

「お答えできません。自分の質問に答えてください」

強い口調で言った。睨むような目つきになる。

「仕事でお世話になっている方の紹介で知り合いました」

「紹介者のお名前を教えてください」

「捜査に必要なのですか」

「もちろん」

高島が眉をひそめた。ややあって口をひらく。

「東明銀行渋谷支店の寺原支店長です」

「寺原支店長とＪＬの根本さんはどういう関係ですか」

「そんなことまで……いったい何を調べているのですか」

「最初に話しました。殺人事件の捜査です」

取り付く島もないもの言いだった。

「しかし、わたしのことはともかく、他人様のことをあれこれ話すのは……ましてや、寺原支店長とは仕事上のつき合いがあります」

「でしょうが、はいそうですかとは言えません。お仕事に差し障りのない範囲で構いません。質問に答えてください」

「わかりました。お二人は旧知の仲でプライベートでも親しくしているようです」

「プライベートのほかは」

「えっ」

「いま、プライベートでもと言われた」

高島が苦笑した。

「揚げ足を取らないでください」

「お言葉を返しますが、誤解を招かないよう、正確に話してください」

「………」

高島が口元をゆがめた。

「あなたと根本さんの関係はどうですか」

「似たようなものです」

「夜の街にでかけることは」

「あります」

「寺原支店長も一緒に」

「たまに三人のときもありました」

吉田が手帳を開き、ボールペンを持った。

「遊んだ先の店名を教えてください」

鹿取は吉田の横顔を見た。六本木のキャバクラSGを意識しての質問か。

「刑事さん」高島がドングリ眼《まなこ》を見開いた。「合点が行きません。こちらの都合もお構いなしで矢継ぎ早に……取り調べを受けているような気分です」

「訊問です。三人で最後に遊ばれたのはいつ、どこですか」

「去年の暮れでしたか。日にちも店の名前も憶えていません」

「場所くらいは憶えているでしょう。渋谷とか六本木とか」

「そのあたりだと思いますが、定かでは……なにしろ、仕事柄あちこちにでむき、ほとんどは先方様の行きつけの店を利用するもので」

「根本さんとはプライベートですよね」

「えっ。 ええ……」

「その点は日を改めてお訊ねするとして、質問を変えます。あなたと寺原支店長、あなたとJLの根本理事の共通の知人はいますか」

「質問の意図がわかりません」

「意図を話せば捜査に支障を来します」

「それなら返答しかねる」怒ったように言う。

「共通の知人がいるということですね」

「そんな」

高島が腰をうかした。見る見るうちに顔が赤くなる。

吉田が手帳とボールペンをバッグに仕舞った。

路上に立ったところで吉田に声をかけた。

「なかなかのもんだった」

「褒めているのですか」

「ああ。城島仕込みか」

「はい。城島さんはおとしのプロですから。勉強になります」

「つぎは俺がやる」

鹿取は腕の時計を見た。午後三時を過ぎている。親輪住宅リースの高島との面談は予定外で、時間つぶしのようなものだった。

「誰に会うのですか」

「行けばわかる」

鹿取は宮益坂をくだった。

ガード下を歩き、スクランブル交差点を左に渡る。

「東明銀行ですね」吉田が言う。

「三時半でアポを取った」

「それならそうと教えてください。心の準備が……すみません。臨機応変ですね」

答えず、鹿取は右手のオフィスビルの前で立ち止まった。

路地に入った先に、行員専用の出入口がある。インターホンを押すと、小窓から警備員が顔を覗《のぞ》かせた。「警視庁の鹿取」警察手帳をかざした。


十平米ほどか。中央に四人掛けのソファがあるだけのシンプルな応接室だ。

壁に水彩画がある。蓮華《れんげ》畑か。靄《もや》のかかったような山並みが描かれている。

座る間もなくドアが開き、寺原が入ってきた。

表情が硬い。緊張しているのが見て取れた。

「先日は商談中に失礼しました」

鹿取は丁寧に言った。

おびえる猫に咬《か》みつくようなまねはしない。

「とんでもないです」

胸前で手のひらをふり、寺原が席を勧めた。

鹿取は寺原と正対した。となりに吉田が座る。

格子柄のベストを着た女がお茶を運んできた。

「恐れ入ります」吉田が声をかける。

鹿取はゆっくり首をまわした。女が去ってから口をひらく。

「稲葉さんとは長いのですか」

「はい。当行は千寿楼の先代様のころからお取引をさせていただいております」

「そんなことではなく、あなたと稲葉さんの関係です」

「わたしがここへ赴任した直後からなので六年のおつき合いになります」

「六本木によく遊びに行かれるとか」

笑みをうかべながら鎌をかけた。

「仕事の延長のようなものです」

「六本木のどちらに」

「えっ」

「お店の名前ですよ。キャバクラのSGはご存知ですね」

「はあ」間のぬけた声になる。「そんな名前の店にも行ったかもしれません」

「お得意様と遊んだ店の名前を憶えていないのですか」

「申し訳ない。稲葉社長は夜の街でも顔がひろくて、それに数え切れないほどお伴をしていますのですべては憶えていません」

「遊びにでかけるときはお二人ですか。それともほかにお連れが」

寺原が顎を引いた。警戒心が昂じたようだ。

「ところで、われわれがここへ来た理由に興味はないのですか」

「えっ」

「電話でも用件は伝えなかったと思いますが」

「それは……緊張して……先日のこともありますし」

寺原がしどろもどろに言った。

「そんなに稲葉さんがこわいのですか」

「な、なんてことを」

「ムーンライトの川上洋さんをご存知ですか」

「……………」

寺原が目を白黒させた。

ころころ変わる質問に対応しきれないようだ。

「われわれは川上さんが殺害された事件を担当しています」

「そうおっしゃられても……わたしはその方と面識がありません」

「そんなわけはないでしょう」顔を近づける。「稲葉さんの娘の婚約者だった」

「うそです」

寺原が声を張った。直後、うなだれた。

「何がうそだ」

声音を変えた。礼儀も捨てる。

「誠実がモットーの銀行員にうそつき呼ばわりされるとは思わなかった」

寺原が顔をあげた。

「そんなつもりは……」

「行員の前を通って、署に同行するか」

「ご勘弁ください」低頭した。「このとおりです」

となりで吉田が肩をふるわせた。

「被害者を知っているな」

「一度だけ、顔を合わせました」

「どこで」

「さきほどおっしゃった六本木のＳＧです」

「四人で行ったのはわかっている。もうひとりは誰だ」

「根本さん。ＪＬというＮＰＯ法人の理事です」

「四人の関係は」

「わたしと根本さんは仕事上の取引関係にあります。川上さんはその日の昼、千寿楼でばったり会い、稲葉社長に紹介されました。夜に根本さんを交えて稲葉社長と食事の約束をしていたので、挨拶代わりにお誘いした次第です」

「稲葉さんも同意したのか」

「はい。嫌がるふうには見受けられませんでした」

「被害者と根本さんもその日が初対面だったのか」

「そう思います」

寺原の口調が滑らかになってきた。

「稲葉さんと根本さんはどういう関係だ」

「わたしよりも長いおつき合いだと認識しております。稲葉さんに紹介され、根本さんとの取引が始まりました」

「銀行は取引相手の個人情報を調べないのか」

「はあ」

「誠実、信頼がモットーだろう」

「おっしゃるとおりです」

「取引相手が反社会勢力とつながっているときはどうする」

「もちろん、それが判明した時点で取引を停止します」

「警察に通報しないのか」

寺原の目が泳いだ。

「状況によるとしか……警察から依頼、問い合わせがあれば協力を惜しみませんが」

「そういう対応だから、つけ入られる」

「何をおっしゃりたいのですか」

「胸に手をあてろ」

「そんな無茶な」

「ここがやくざに威《おど》されているとの情報がある」

鹿取は目と声で凄《すご》んだ。

頭の中には花岡組組長とのやりとりがある。

——中井は東明銀行の寺原を的にかけたわけか——

——カネになるのはそこや……が、中井は能が無さすぎる。東明銀行の渋谷支店に乗り込むなんざ、ひと昔前のやくざや総会屋のやることよ――

――しのぎのネタは腐らん……東明銀行はいずれ俺のものになる――

花岡は自信たっぷりに言った。

「身に憶えはありません」

「そう言うしかないよな」

さらりと返し、鹿取は首をまわした。

「話を戻す。あんたはＪＬの講習会で講師をやっているそうだな」

「無報酬です」

「そんなことは訊いてない。やっているのか、いないのか」

「根本さんに依頼され、年に一、二度……おことわりするのも気が引けて」

「ついでに投資話か」

「ええっ」

寺原の声が裏返った。目の玉が飛びだしそうだ。

「つぎは取調室でじっくり聞かせてもらう」

有無を言わせぬ口調で言い、吉田を見た。

「質問はあるか」

「ないです」

言って、吉田が腰をあげた。

寺原の瞳は固まったままだった。

そとに出るなり、吉田が両腕をひろげた。閉じて、肩をまわす。

「緊張しすぎて肩が凝りました」

「はらはらしていたのか」

吉田が目を細めた。三日月になる。

「鹿取さんのまねは誰にもできません」

「はっきり言え。邪道で、内規違反だと」

「それはもう慣れました。うそとはったりが得意なのも。ところで、東明銀行は紅竜会に威されているのですか」

「直に訊いてみろ」

「えっ」

「これから紅竜会の事務所に行く」

「…………」

吉田があんぐりとした。さっきの寺原とおなじ表情になった。

鹿取は歩きだした。

あわてて吉田が肩をならべる。

「安本の身柄を取るのですか」

「気分次第よ」

ぞんざいに言い、ポケットの用紙を手にした。

渋谷署組織犯罪対策四係の鬼頭にもらった地図を見る。紅竜会本家ではなく、安本組の事務所に赤い丸印がある。事務所の間取りや構成員の数なども手書きで記してある。

地図をポケットに戻し、吉田に話しかけた。

「拳銃は持っているか」

「はい。許可はもらっています」

「よこせ」

吉田が足を止めた。

「なぜですか」

「おまえの拳銃が暴発すれば面倒が増える」

「無暗矢鱈《むやみやたら》には撃ちません。そもそも、人にむけて撃ったことがありません」

「ものの弾みということもある。いいから、よこせ」

吉田が渋々という顔でショルダーバッグに手を入れた。

リボルバーを受け取り、左脇のベルトに挿した。愛用のベレッタは吊るしてある。安本の事務所に乗り込むと決めて、カラオケボックスに戻ったのだった。

前方の中年女が目をまるくした。拳銃を見たのだ。

その女にむかってにやりとし、歩道橋の階段をのぼった。

安本組事務所は桜丘町にある。千寿楼とは目と鼻の先だ。

築十年と経っていないだろう。オフホワイトの外壁は輝いていた。玄関前の植え込みは手入れが行き届き、周囲には塵《ちり》ひとつなかった。

エントランスの台座にインターホンがある。

その前に立ったとき、エレベーターから幼児連れの女が出てきた。自動ドアが開く。

鹿取は台座を離れ、中に入った。エレベーターで七階にあがる。

七〇一号室のチャイムを鳴らし、ドア上部の防犯カメラに顔をむける。

《どちらさまで》

声に警戒の気配を感じた。エントランスのインターホンを無視したせいだろう。

「警視庁の者だ」

警察手帳をかざした。

《刑事に用はねえ》

「舐めるな。開けろ」

しばしの沈黙があった。

《誰だ》声が変わった。

「桜田門の鹿取。訊きたいことがある」

カチャと音がし、坊主頭の男が顔を見せた。

無言でドアを引き、玄関に入る。吉田も続いた。

靴を脱いだところで、坊主の男が両手を前にだした。身体を検《あらた》めるのだ。

鹿取はベルトの拳銃を抜いた。

「ひぃー」

坊主男が目の玉をひん剥き、あとじさる。尻もちをついた。

奥から男が飛びだしてきた。ショートボウズ。右手に木刀をさげている。

「てめえ、何のまねだ」怒声を発した。

「検める手間を省いてやったのよ」

鹿取は拳銃を収めた。


リビングに案内された。かなりひろい。間取り図には約二十平米と書いてあった。中央にコの字型のソファ。ローズウッドのデスクとサイドボード。壁には山水画。それと向き合うように九十インチほどのテレビが掛けてある。

ソファには二人の男が座っていた。一人掛けのソファで安本が足を組んでいる。面相は記憶にある。奥に座る男が射るようなまなざしをぶつけてきた。がっしりとした体軀《たいく》。左眉に傷がある。内山忠成。渋谷署で写真を見た。

ちらっと目を合わせ、視線を移した。

「安本か」

「あんたは」低い声で言う。

動揺の気配はみじんも感じなかった。髪はサイドバック。細面に縁なし眼鏡。頭が切れそうで、堅気に見えなくもないが、目つきと雰囲気が違う。

「捜査一課の鹿取、連れは吉田。座るぞ」

鹿取は手前のソファに腰をおろした。吉田が端に浅く座る。

「一課の刑事が来るところじゃないぜ」

安本が言った。目が笑っている。

「ゴミの館には来たくもない。が、職務だ」

鹿取は煙草を喫いつけた。ふかし、続ける。

「川上洋という男を知っているか」

「知らん。何者だ」

「ナイトワーク専門の人材派遣会社の社長だった。拳銃で撃たれ、殺された」

「気の毒に。あんたはその事件を担当しているのか」

「くだらん質問はするな。昼間からソファに寛《くつろ》いでいられる身分じゃないんだ」

「うちで雇うぜ」

安本がにやりとした。

「支度金に一億円積めば考えてやる」

「それほどの値打ちがあるんか」

「いずれわかる。おなじ会社の神崎というやつは知っているな」

安本が眉間に皺を刻んだ。

「民間人を呼び捨て……容疑者扱いか」

「情報は入ってないのか。きょう、捜査本部に呼ばれた」

「それを受けて、ここに来たのか」

「雑魚は相手にせん。まあ、おまえも雑魚の一種だが」

「おい」

足を解き、安本が背をまるめる。眼光が増した。

「あんまし粋がるなよ。刑事にビビってやくざが務まると思うか」

鹿取は視線をずらした。

「内山。兄貴があぁ言っているぜ。ドスを抜くか」

「けっ」内山が顔をゆがめた。「てめえなんざ、素手で充分だ」

「そうかい」

鹿取はジャケットのボタンをはずした。

「待て」安本が声を張った。「あんた、喧嘩を売りに来たんか」

「俺は律儀でな。恩義は死ぬまで背負う。借りは十倍にして返す」

「なるほど。一億円の値打ちはありそうだ」

「安く済む方法もあるぜ」

「何だ」

「トカゲの尻尾を差しだすか。ここを解散するか」

安本がきょとんとし、すぐに破顔した。

鹿取はふかした煙草を消した。安本を見据える。

「おまえの金庫はどこだ」

「どこだと思う」

安本がソファにもたれた。まだ余裕がありそうだ。

「稲葉商事の稲葉正義……違うな。代紋と身体を張るには小物すぎる」

「やくざをあまく見るな。あんたとおなじ。恩義ひとつで身体を張るぜ」

「誰に恩義がある。稲葉か、東明銀行の寺原か」

「ふん」

安本が顎をしゃくった。

「俺がくる前に電話は鳴らなかったのか」

「…………」

「東明銀行の渋谷支店で寺原から話を聞いた。てっきり報告済みだと思ったが」

「…………」

安本は口を結んだままだ。頬がひくひくしている。

鹿取は畳みかけた。

「稲葉にも会う。民間人も身体を張れるか、たのしみにしてな」

「てめえ」

内山がうめくように声を発した。

身体が前後にゆれだし、安本のひと言で飛びかかりそうな形相になった。

「おい、内山。射撃の練習をしたいなら的になってやるぜ」

「なにっ」

内山が腰をうかした。

「やめろ」安本が怒鳴りつける。「挑発に乗るな」

鹿取は腰をあげた。

吉田がはねるように立ちあがる。

「そっちのお嬢さん」

安本がにやりとした。

「お名前は」

「北沢署の吉田」

投げつけるように言った。

「いいね。気が強い女は好みだぜ」

安本の目が光った。

内山が嘲るようなまなざしで吉田を見つめた。

「安本、またな」

言い置き、鹿取は吉田をうながした。


JR山手線と丸ノ内線を乗り継ぎ、中野新橋駅で下車した。

夕闇が迫っている。商店街は袋を提げた中年女の姿がめだった。

「どちらへ」吉田が訊く。

車内での吉田は無言で、どこか一点を見つめるようなまなざしだった。

「飯屋だ。城島もくる」

花岡組組長と話したあと城島の携帯電話を鳴らし、幾つかの依頼をした。

食事処・円には二組五人の先客がいた。

顔を合わせるなり、女将《おかみ》の郁子が目をぱちくりさせた。生きていたの。そう言いたそうな顔に見える。着替えを取りに行った松本から詳細を聞かなかったのか。鹿取は傷を負って以来、連絡していなかった。

ひとつ間が空き、郁子が声を発した。

「いらっしゃいませ」

「おじゃまします」吉田が答えた。

鹿取はそそくさと奥へむかい、靴を脱いで階段をのぼった。

コートとジャケットを脱ぎ、ショルダーホルスターをはずした。座卓の前に胡坐《あぐら》をかいた。頬杖をつき、煙草を喫いつける。

身体がだるい。傷は痛まなくても、身体がダメージを受けているのだ。

吉田がスプリングコートを丁寧に畳み、鹿取の前に座した。

「ここは」室内を眺めまわした。「客用の部屋ですか」

「詮索するなと言っただろう」

吉田が肩をすぼめた。

足音がして郁子がやってきた。座卓におしぼりとお茶を置く。

「酒をくれ」

「飲めるの」

郁子が目をまるくした。

「問題ない」鹿取は手のひらを吉田にむけた。「相棒の吉田だ」

「初めまして。吉田裕美です」

郁子が目元を弛めた。

「大変ね。お気の毒に」

吉田が顔をくしゃくしゃにした。

階段を踏む音がし、城島も入ってきた。

「遅くなりました」

コートとバッグを脇に置き、吉田のとなりに座る。

「城島さん。いらっしゃい」郁子が言う。

吉田が城島に話しかける。

「来たことがあるのですか」

「三度目だよ」

鹿取は目をしばたたいた。

「二度目だろう」

「いいえ」城島が言う。「先週、小腹が空いてここに寄りました」

「城島さんは情があるのよね」

郁子がとぼけた顔で言った。

鹿取はそっぽをむいた。

吉田がクスッと笑った。

「お酒は何にしますか」

「ビールをください」

吉田の声に頷き、郁子が腰をあげた。

城島が口をひらく。

「きょうはどこへ」

「大変でした」吉田が答えた。「城島さんに電話したあと、親輪住宅リースの営業課長、東明銀行の渋谷支店長。紅竜会の安本の事務所にも乗り込んで……」

「ほう」

城島が目を見張った。鹿取に話しかける。

「手応えは」

「わからん」

そっけなく返し、煙草をふかした。

「鹿取さんは猛牛です。よく修羅場にならなかったと思います」

「それは残念」城島がわざとらしく言う。「一気にケリがついたのに」

「なんてことを言うのですか」

吉田が嚙みついた。

それを無視し、城島が話しかける。

「鹿取さん。捜査本部も紅竜会に的を絞りそうです」

「神崎は何を喋った」

「ムーンライトは安本の指示で設立し、会社の運営や営業のノウハウはJLの根本理事から教わったそうです」

「被害者はお飾り……雇われ社長のようなものか」

「そのようです。会社設立時にレクチャーを受けたので根本とは面識はあったけれど、紅竜会の関与については知らなかったはずだと供述しました」

「神崎は稲葉の名前を口にしたか」

「していないようです。すくなくとも廣川警部補からその報告はありませんでした」

鹿取は頰杖をついたまま首をひねった。

廣川がこの期に及んで事実を隠すことはないだろう。攻め時なのだ。

事件の背景は見えてきた。が、隠れた部分もある。被害者と稲葉がどういう経緯で接近したのか。殺害の動機も絞りかねている。

利害を共有しているのは紅竜会の安本、東明銀行の寺原支店長、稲葉商事の稲葉社長の三人で間違いない。彼らの周辺にいるのが親輪住宅リースの高島課長、ＪＬの根本理事、ムーンライトの神崎。高島の証言にうそは感じられず、事件とのかかわりはないように思う。神崎は安本の手足で、蚊帳のそとに置かれていたか。

郁子が酒と料理を運んできた。

座卓に器がならんだ。中央に刺身の平皿と筑前煮の丸皿。城島と吉田の前には三種の小鉢、鹿取には薄切りにした沢庵の古漬けを置いた。

吉田が目をぱちくりさせた。

「鹿取さんはそれだけですか」

「充分よ。居候の分際だからな」

郁子が肩をすぼめて立ち去った。

吉田が身を乗りだした。

「虐待されているのですか」小声で言う。

「ばかな」城島が笑った。「古漬けは絶品だよ。鹿取さんが美味《うま》そうに食べているのを見たから、ひとりで来たときお願いしたんだ。客にはださないらしい」

鹿取はそ知らぬ顔をして沢庵をつまんだ。しょっぱさのあと甘味がひろがる。嚙めば嚙むほど味がでる。極上の昆布のようなものだ。酒がさらに美味くなる。

城島と吉田が無口になった。ここに来た連中の誰もがそうなる。

しばらくして城島が箸を置き、顔をあげた。

「安本がムーンライトを設立した目的は何でしょうね」

「おまえはどう思う」

「渋谷署からもらった安本の資料を読みました。かなり羽振りがよさそうです。それなのにナイトワークの人材派遣会社を設立する必要があるのか、甚だ疑問です」

「その疑問を解くカギはＪＬにある」

「どういうことですか」

「吉田。ＪＬの森永の話を聞かせてやれ」

「はい」

吉田も手を休め、森永とのやりとりを詳細に話しだした。

黙って聞きおえるや、城島が口をひらく。

「おまえの感触はどうだ」

「事実を話したと思います。根本と暴力団の関係をにおわせると、彼女の表情は一変しました。東明銀行の寺原支店長がＪＬの会員に不動産投資を勧めていることを教えると、青天の霹靂《へきれき》のような顔をして……堰《せき》を切ったように舌が滑らかになりました」

「つまり、被害者とおなじ、お飾りか」

城島が独り言のように言った。

鹿取は両肘を座卓にあてた。

「ムーンライトもＪＬも事業を運営していたのは根本だろう」

「で」城島が前のめりになる。「その目的は」

鹿取は首をふった。

「ヒントはある。若い女のために……根本は森永にそうささやいた。森永は独立志向の強い女のためになりたいと考えた」

「そうか。ムーンライトの顧客も大半は若い女ですね」

「そういうことだ」

「稲葉商事が所有する物件を購入したのは二十代後半から三十代の女性でした」

城島が咳《せ》き込むように言った。

「そのために」吉田がつぶやいた。「不動産投資の客を集めるためにＪＬやムーンライトを設立した……そういうことですか」

「ＮＰＯもネットでの事業もたいして元手はかからん。わずかな投資で大量の個人情報を入手できる。が、現時点では俺らの推測にすぎん」

「わたしはてっきり、被害者の結婚話が事件の背景にあると思っていました」

吉田が肩をおとした。

「そんなことでやくざは身体を張らんよ」城島が言う。「依頼殺人の線は否定しない。しかし、刑事を襲う理由にはならん」

「ええっ」

吉田が頓狂な声を発した。

「城島さん、襲われたのですか」

「俺じゃない。鹿取さんだ。三人組に襲われ、腹を切られた」

「……………」

吉田の瞳が固まった。

「かすり傷よ」

鹿取はさらりと言った。

「ひょっとして、安本組の事務所にいた内山という男ですか」吉田が訊く。

「証拠はない。が、俺に切りつけた野郎も眉に傷があった」

「どうして逮捕しないのですか」

「何度も言わせるな。証拠がない。いまのところ、パクる気もない」

「鹿取さんは」城島が口をはさむ。「市谷で襲われた。牛込署の管轄内だ。事件を公にすればこっちの捜査の邪魔になる。鹿取さんはそう考えた」

「なるほど」

吉田が息をつき、座椅子にもたれた。すぐに姿勢を戻す。

「被害者はムーンライト設立の意図に気づいた。もしくは安本がかかわっていることを知った。それで殺されたのでしょうか」

「先を急ぐな」

たしなめ、鹿取は盃をあおった。手を頬杖に戻し、煙草をふかした。

「解せないことがあります」城島が言う。

「なんだ」

「吉田の推測が正しいとして、被害者はどうやって不動産投資の件を知ったのか」

「被害者は結婚話で稲葉とこじれ、やくざを頼った」

鹿取は花岡組組長の話を聞かせた。

――殺された川上が妙な話を持ちかけてきた……川上の会社の専務がＮＰＯ法人に顧客データを流していて、それを利用し、カネ儲けを企む連中がおるとな――

――ムーンライトの神崎専務、ＮＰＯ法人ＪＬの根本理事、稲葉商事の稲葉社長……三人はグルやとほざいた――

そこまで話し、煙草で間を空けた。

「ただし、そんなことでやくざは動かん。被害者に頼られた野郎は裏があると感じ、神崎、根本、稲葉の履歴を調べた。安本と根本の関係を知り、興味を覚えた野郎は被害者に根本のアドレス帳を盗ませた。で、カネの生る木を見つけた」

「東明銀行ですね」

「ああ。野郎は東明銀行の寺原に接触した。あげく、襲われた」

「………」

城島の口が動いたけれど、声にならなかった。

吉田は何度も頷いていた。花岡組の中井がうかんだのだろう。

階段を踏む音がして、郁子があらわれた。

「遅くなって、ごめん」

空き皿をさげ、形の異なる器をならべる。

鯛《たい》のかぶと煮と天ぷらの盛り合わせ、筍《たけのこ》とイイダコの炊き合わせもある。

郁子は無言で去った。

「あとは食ってからだ」

言って、鹿取は蕗《ふき》の薹《とう》の天ぷらをつまんだ。

城島も吉田も箸を持った。

酒と煙草で時間を流し、頃合を見て城島に声をかけた。

「例のものは手に入ったか」

「ええ」

城島がバッグから用紙を取りだした。十数枚ありそうだ。

鹿取は頬杖をはずし、それを見た。

稲葉正義と稲葉商事の当座と普通口座の入出金明細表である。電話で依頼した。

「同僚が稲葉個人と稲葉商事の物件の売買状況を調べています。売却済みの分も調べているので詳細が判明するまでもうすこし時間がかかりそうです」

「購入者のほうもあたっているか」

「はい。購入者の身元の確認を急いでいます。並行し、敷鑑班の五、六名がＪＬ会員から事情を聞いています」

城島が吉田に顔をむける。

「小杉さんと石橋さんは、あした署で事情を聞くことになった」

「よろしくお願いします」

頷き、城島が視線を戻した。

「明細書を精査しているうちに鬼頭の言葉を思いだしました」

「どっちだ。異常な融資か。利益がないことか」

渋谷署組織犯罪対策四係の鬼頭とのやりとりは頭に留めている。

――購入価格は千五百万円から三千八百万円まで。すでに売却した物件を除いても、購入総額は十三億円を超える。それに、購入時の諸経費、固定資産税、維持・管理費を加えれば二十億円にのぼると推定できます——

——購入資金は自費……そんなわけはないか——

——東明銀行です。しかも、購入額のほぼすべてを融資している。過去に購入して売り捌いた分をふくめれば、判明しているだけで五十億円を超える。千寿楼の土地と建物、購入したマンションを担保に取っているとはいえ、異常な融資です——

——投資目的なんだな——

——どの物件も二年と経たない内に手放しています——

——売り抜けか——

——そこですよ……合点が行かないのは。利益を確保するための売り抜けでしょう。なのに、ほとんど利益がないのです——

鹿取もずっと気になっていた。

「稲葉商事は六年前に設立されました。事業内容は不動産の管理および運営。設立以降、稲葉の個人名義の分をふくめると、判明しているだけでも都内の五十二戸の中古マンションを購入しています」

「融資の返済状況は」

「契約どおり滞りなく。物件の売却時には完済しています」

「となると、おまえの疑念は利益だな」

「はい。買値と売値におおきな差はなく、諸経費と融資の利息分を損していると思われる物件もある。それなのに、事業を継続する理由がわかりません」

「確実に利益を得ているやつもいる」

「そっか」吉田が声を発した。「東明銀行ですね」

頷き、城島に話しかける。

「稲葉と稲葉商事の貸付年利は」

「大半は三・一パーセントです」

「預金金利はほぼ〇パーセントなので、まるまる利益ですね」吉田が言う。

「それにしても」城島がつぶやく。「稲葉と稲葉商事に利益がないのは……」

「カネ儲けが目的ではないかもしれん」

「どういうことです」

城島が顔を寄せた。

吉田の目が先を催促する。

「寺原が渋谷に赴任したのは六年前だな」

「はい」吉田が答える。「二〇一二年の四月です」

「その半年後、根本がＪＬを設立した。根本と安本の腐れ縁はそれ以前から続いていた。

ＪＬ設立の二年後、根本の発案でムーンライトが設立された」

「なるほど」城島が頷く。「すべてに根本が絡んでいますね」

「黒幕は安本だな」

言って、鹿取は盃をあおった。

己の推測を長々と披瀝《ひれき》するつもりはない。

吉田が口をひらいた。

「安本や根本が不動産売買に絡んでいるとして、二人にどんな得があるのでしょう」

「自分で考えろ」

「そんな……教えてください」

「俺にもわからん。ひとつ言えるのは、東明銀行は首都圏一の地方銀行だが、その東明銀行でも存続が危ぶまれている」

地方銀行の現状については渋谷署の鬼頭に教えてもらった。そのほかにも、書物や資料を漁《あさ》り、人脈を使って情報を集めた。

──リーマンショックの後始末に来ましてん。関西でいう捌きですわ──

初対面のとき、花岡組長が言った。

それを裏付けるような鬼頭の言葉も憶えている。

──金融犯罪で連携する部署の受け売りですが、暴力団は全国の地方銀行に食いついているそうです――

鬼頭は、安本と東明銀行の関係も把握していた。

――渋谷、銀座、歌舞伎町などの繁華街に三十ほどのテナントビルを所有していた会社が倒産寸前にまで追い込まれた。そこに多額の融資を行なっていた東明銀行は多発するトラブルを解消するため安本を頼ったといわれています――

その話を聞かなければ、いまも頭の中は混乱を来していたと思う。

「金庫」城島がぼそっと言う。「稲葉商事は安本組の金庫……鬼頭はそう言ったが、ほんとうの金庫は東明銀行のように思えてきました」

「………」

鹿取は口をつぐんだ。

同感だ。が、やはり推測の域をでない。

携帯電話が鳴った。鹿取の私物のほうだ。画面を見て、耳にあてた。

「俺だ」

《松本です。やつが家に入りました》

「ひとりか」

《はい。どうしましょう》

「そのまま見張っていろ。すぐにむかう」

通話を切った。

座ったままショルダーホルスターを着ける。

「どちらへ」吉田が腰をうかした。

「食いものを残すな。機嫌が悪くなる」

鹿取は右手の親指を下にむけた。

「誰を」城島が訊く。

「カギを握る男よ。おまえらは知らんほうがいい」

「わかりました。朗報を待っています」

「あした、署で会おう」

鹿取はジャケットを着て、コートを手にした。

タクシーで渋谷区広尾へむかった。外苑西通から住宅街に入る。

路地角にセダンが停まっている。松本の車だ。

その後ろでタクシーを降り、セダンの助手席に乗った。

「変わりはないか」

「はい。部屋に入るところは確認していませんが」

午後六時過ぎにＮＰＯ法人ＪＬから出てきた根本は職員らしき女と近くの焼鳥屋に入っ

た。二時間ほどして店を出ると女と別れ、タクシーに乗って帰路についたという。

　鹿取は左側のマンションに目をむけた。

　根本は五〇二号室に住んでいる。１ＬＤＫで、賃料は二十三万円。結婚歴はなく、同居人もいないようだ。

「部屋に乗り込むのですか」松本が訊く。「それとも……」

「攫《さら》う。ぬかりはないか」

「はい。アイマスクに猿轡《さるぐつわ》、ロープも用意してあります」

　鹿取は頷いた。

　根本を攫うと教えていたわけではない。根本の監視を頼まれた時点で、松本はそうなることを予期したのだ。何度もおなじような場面を経験している。

　腕の時計を見た。午後九時を過ぎている。

「日付が変わるころまで待ちますか」

「待たん。公務だ」

「えっ。北沢署に運ぶのですか」

「あとでな」

　鹿取は片目をつむった。

ひとりでエントランスに入り、インターホンを押した。

《はい。どちらさまですか》

男の声がした。

「先日お会いした警視庁の鹿取です」防犯カメラにむかって警察手帳をかざした。「夜分に申し訳ない。火急にお訊ねしたいことがあって参りました」

《そう言われても……》

「応じなければ、手続きを踏むことになるが」声音を変えた。

《では、わたしが下に降ります》

「いいでしょう」

鹿取は内心ほくそ笑んだ。手間が省けた。

三分ほど待たされたあと、根本がエレベーターから出てきた。紺色のジャージの上下にスニーカー。グレーのセーターを着ている。

苦笑がこぼれた。留置場に行くのか。からかいたくなった。

自動ドアが開いた。

「こんな時間に何用ですか」

「わからんのか」

鹿取は鼻面を合わせた。根本の右腕を取る。

「立ち話は寒い。車で話そう」

根本は抵抗しなかった。

路上に立っていた松本が後部座席のドアを開ける。根本とならんで座った。

松本が運転席に戻り、シートベルトを装着する。

鹿取は根本に手錠を打った。

根本が目を剝いた。

「なにをする」

「うるさい」

怒鳴りつけ、目を止めた。

根本の左手の小指に指サックがはめてある。吉田とオフィス根本を訪ねたときは気づかなかった。根本は左手をズボンのポケットに入れていたように思う。

鹿取はそれにふれた。

「これはどうした」

「やめろ」根本が叫ぶ。

ひらめいた。花岡組の中井に痛めつけられたのだ。

根本のパソコンのアドレス帳だけで銀行に乗り込むのは無謀すぎる。根本を襲い、口を割らせた。それなら紅竜会の安本の素早い反応も納得する。

「やくざに生爪を剝がされたか」

鹿取は小指を握った。

「わわっ」

根本が奇声をあげた。飛び跳ね、天井に頭をぶつける。鹿取は猿轡をかまし、アイマスクをつけた。松本が車を発進させた。

カラオケボックスの外階段を使い、三階にあがった。

根本をソファに座らせ、鹿取はコーナーをはさんで腰をおろした。

「自分はどうしましょう」松本が言う。

「飯でも食ってこい」

「ありがとうございます」

松本が目元を弛めた。飲食抜きで根本を監視していたのだ。

「その前に、水割りをくれ。お客さんの分も」

言って、鹿取はアイマスクと猿轡をはずした。

「ここは」根本が目をきょろきょろさせた。「どこだ」

「知らんほうが身のためだ」

鹿取は手錠もはずしてやった。

根本が両手を動かし、手首をさする。

「こんなまねをして……ただで済むと思っているのか」

鹿取は携帯電話をテーブルに置いた。

「貸してやる。紅竜会の安本に助けてもらえ」

「…………」

根本が口をもぐもぐさせた。

松本が水割りのグラスとナッツを運んできた。

「一時間ほどで戻ります」

言い置き、松本が部屋を去った。

「飲め」

声をかけ、グラスを手にした。咽《のど》を鳴らし、煙草をくわえる。

根本は動かずに鹿取を見つめている。目が泳ぐのは思案している証《あかし》か。

「そう堅くなるな。夜は長い。訊問も長くなる。腹が減れば夜食も用意してやる」

「いらん。帰る」

「逃走すれば撃つ。公務執行妨害だ」

鹿取はジャケットを脱いだ。

根本の身体が縮こまった。目はベレッタに釘付けになった。

「訊問を始める。ＪＬ設立はおまえの発案らしいな。セックスフレンドが喋った。若い女をターゲットにした理由を教えろ」

「森永代表に聞かなかったのか」

「質問は受けつけん。答えろ。ＪＬ設立の目的は何だ」

「自立志向の強い女性の活動を支援する……」

言葉を切り、顔をゆがめた。

根本の左手を握ったまま質問を続ける。

「東明銀行の寺原支店長と知り合ったのはいつだ」

「ＪＬ設立の資金の一部として融資をお願いした。それが始まりだった」

「意思の疎通が取れてないのか」

「はあ」

「きょうの昼、寺原から事情を聞いた。連絡はあったか」

根本が首をふる。意外そうな顔になった。

「千寿楼の稲葉とはどういう仲だ」

「共通の知人を介して」

根本が視線をさげた。小指が気になるのだ。

「ほんとうです」

「安本だな」

「………」

「手間をかけさせるな。おまえと安本の関係は先刻承知よ」

根本が頭をふる。顔が青ざめ、くちびるがふるえた。

「安本が恐いか」

手をはなし、拳銃を抜いた。

「股を開け」

「なにを……」

「うるさい。暴発するぞ」

根本がゆっくり両足を開く。

銃声が轟《とどろ》いた。根本の股間のわずか手前のソファが弾けた。中身が舞う。

根本が地蔵になった。

「つぎは竿を飛ばす。わかったか」根本が頷くのを見て続ける。「おさらいするぜ。おまえと安本は旧知の仲。安本と稲葉、安本と寺原の腐れ縁も長い」

安本が東明銀行の不良債権処理に加担したのはリーマンショックのあとだった。おなじ時期、寺原は東明銀行本店の不動産ファイナンス部署に属していた。渋谷署の鬼頭によれば、その部署が安本との窓口になっていたという。

「寺原が渋谷支店に着任したのは二〇一二年の四月、ＪＬと稲葉商事はおなじ年の九月に設立された。おまえと安本が結託し、悪さを企《たくら》んだ」

「違う」声が引きつった。

鹿取は腕を伸ばした。ベレッタの銃床が根本の頬骨を捉えた。

うめき、根本が背をまるめる。

「初めの質問に戻る。ＪＬ設立の目的を言え」

「独身女性の個人情報がほしかった」

「個人情報は掃いて捨てるほどでまわっているじゃないか」

「仕分けが面倒だ。情報屋に注文をつければ、こっちの腹をさぐられる」

「不動産投資を持ちかける相手をさがしたわけか」

「そうだ」声に力が戻った。

「都内の中古マンションは空きが増えている。賃貸物件はとくに空室がめだつ。それなのにどうして稲葉個人と稲葉商事の物件だけを扱った」

「たまたま……」

鹿取は左の拳を見舞った。

グシャッと音がした。鼻骨が折れたか。鼻から血が滴る。口からも血がでた。

根本が両手で顔を覆う。「やめてくれ」泣き声になった。

鹿取は脇腹を押さえた。身体を捻《ひね》って傷にさわったか。痛みはすぐに治まった。

「寺原を講師にし、ＪＬの会員に投資話を持ちかけた。不動産業者ではなく銀行員を紹介したのはどういうわけだ」

根本が両手をはなした。わずかに表情が弛む。

「信用だよ。いきなり不動産業者を紹介すればＪＬとの癒着を疑われる。銀行員なら警戒心はめばえない。日本人は銀行を信頼しているから、安心感もある。銀行の支店長が直に説明し、元手なしでマンションオーナーになれるとささやけば人はその気になる。夢のような話が現実になるんだ。購入資金を融資するのだから、マルチや詐欺とは違う」

立て板に水のように喋った。

恐怖心を失念するのだから、身についた習癖というのはおそろしい。

鹿取は水割りを飲み、煙草をふかして間を空けた。

長話は取調室でやってもらう。ここまでの供述に疑問はあるが、それも後まわしだ。

ドアが開き、松本が戻ってきた。

「変わりはないですか」

「ああ。救急箱の用意をしておけ」

言って、根本を見据えた。

「ムーンライトの神崎について訊く。きょう事情聴取を受けたのは知っているか」

根本が首をふる。さぐるような目つきになった。

「ムーンライトは安本の指示で設立したそうだな」

「知らない」

「神崎は、会社の運営や営業のノウハウをおまえに教わったとも供述した」

「それは……そのとおりです」

「つまり、おまえは被害者とも面識があった」

根本がちいさく頷いた。

「おまえと安本のどっちが設立したかなど興味はない。設立の目的は何だ」

「ＪＬとおなじ。若い女性の個人情報を集めるためだった。ＪＬの新規会員は年々減少していたので、ナイトワークをしたがる女性に目をつけた」

「被害者はそれに気づいた。威されたか」

「あんなやつに……」

鹿取は左手で指サックを摑んだ。

「やくざにやられたのはいつだ」

「………」

また根本がうなだれる。

鹿取はクッションを根本の股間にあてた。銃口をむける。

「ま、待て。喋る。撃つな」

「いつ、どこで、誰にやられた」

「あなたが私の事務所を訪ねてきた前の日だった。六本木のバーを出たところを襲われ、車に連れ込まれた」

「何を訊かれた」

「わたしのアドレス帳のコピーを持っていて……いろいろと質問された」

「べらべら喋ったか」

「抵抗した。あげく、この様だ」

「そのことを安本に報告したか」

「した。安本さんには相手の人相や車種、ナンバーを訊かれたが、答えられなかった」

鹿取はベレッタをショルダーホルスターに戻し、ソファにもたれた。

根本は小物だ。安本の手足にすぎない。そう確信した。

安本がその気になれば、警察を動かし、防犯カメラなどから根本を襲った人物を特定できたはずである。東明銀行の寺原が威されたときとは対応が異なる。

あらたな疑念がめばえた。

「おまえを襲ったやつは被害者の名前を口にしたか」

根本が首をふる。

「アドレス帳のことを安本に話したか」

「…………」

根本の瞳がゆれた。

「アドレス帳を盗んだ犯人を特定したようだな」

「JLの職員だった」

「そいつを問い詰め、被害者の関与を知った」

「わたしじゃない。安本さんがやったことだ」

「それが殺害の動機か」

根本が激しく頭をふる。首がもげおちそうだった。

鹿取はカウンターに顔をむけた。松本はスツールにいる。

「バスルームに閉じ込めておけ」

腰をあげた松本に手錠をほうった。


翌朝、北沢署にでむいた。手錠で根本とつながっている。

捜査本部の部屋に入るや、山賀係長が近づいてきた。連絡済みである。

鹿取は手錠をはずした。

「JLの根本だ。留置所に放り込め」

「おお、かわいそうに。ずいぶん痛めつけられて」

根本のくちびると左頬は赤紫色に腫れている。鼻梁には絆創膏《ばんそうこう》。松本が治療を施したけれど、傷痕が消えるはずもない。

「尋問中に逃走を図った」

「そういうことにしておく」

山賀がたのしそうに言った。

ようやく獲物を仕留めて満足する猟師の顔になっている。

「おい」山賀が部下に声をかける。「こいつを留置所に運べ」

強行犯三係の本多が根本の腕を取る。廣川とコンビを組む巡査部長だ。

二人が去るのを見ながら口をひらいた。

「取調室は空いているか」

「そういうと思って空けておいた」

山賀の声はあかるかった。

お茶のペットボトルとアルミの灰皿を持って取調室に入った。

鹿取は煙草を指にはさんだ。

火をつける前に山賀が顔を近づける。

「あいつは被疑者か」

「事件の背景を知っているひとりだ」

「ほかに誰だ」

鹿取はライターで火をつけ、煙草をふかした。

「稲葉商事の稲葉と東明銀行渋谷支店の寺原支店長を任意で引っ張れ」

「なんと」山賀が目をまるくする。「銀行の支店長も……初めて聞く名前だぞ」

「寺原は事件に関与していないと思うが、寺原ぬきで事件の全容は解明できない」

鹿取は紅竜会の安本をふくむ四人の関係を詳細に教えた。

話しているあいだ、山賀が何度もうなった。

「さすが、鹿取信介。それが事実なら脱帽だ」

「くだらんことをぬかすな」

「俺はな……捜査本部の幹部連中も手柄は廣川のものだと思っていた」

「ムーンライトの神崎はどこまで謳《うた》った」

「やつは被害者が稲葉社長の娘と交際していたのを知っていた。そのことで稲葉ともめていたとも……で、廣川は稲葉から事情を聞いた。きのうのことだ。稲葉は悶着があったことを認めた。が、殺人依頼をふくめ、事件への関与は否定した」

「廣川は稲葉と安本がつながっているのを知ったわけか」

「正確に言えば、神崎とＪＬの根本の関係を知り、安本にたどり着いた。その時点で、捜査本部は安本に狙いを定めた」

「安本の身柄を取るだけの証拠がないのか」

「ああ」

忌々しそうに言い、デスクに手を伸ばした。鹿取の煙草を抜き、口にくわえる。煙草をやめたと言うが、鹿取と話していると喫いたくなるようだ。

山賀の鼻から煙が流れた。

鹿取は話を続ける。

「稲葉と寺原、それに根本の証言が取れれば安本を引っ張れる」

「根本はむりだ。あんなボコボコにされて、証言として採用されん」

「ＪＬの会員の証言は取れたか」

「城島が二人から話を聞いた。ほかの会員もあたっている」

「それなら稲葉と寺原をおとせば充分だ。それまで安本らは泳がせておけ」

「取り調べはおまえがやるか」

「やらん」

「誰にやらせる。城島か」

「廣川が拗《す》ねる。やつの読みもなかなかのもんよ。ただ、動機が……被害者と稲葉の悶着ではいかにも弱い。稲葉が安本に殺人を依頼した可能性はある。が、金満やくざの安本がそんなことでリスクを背負うとは思えん」

鹿取はペットボトルのお茶を飲み、視線を戻した。

「じつは、俺も三人組に襲われた」

話すしかなかった。花岡組の中井のことを教えれば簡単に納得するだろう。が、それでは筋目を違える。花岡組長は鹿取の捜査の邪魔はしないと約束した。

山賀が目をぱちくりさせた。

「いつのことだ」

「中華屋の千寿楼を訪ね、稲葉から事情を聞いた日の夜だった。つぎの日の朝、おまえの情けない声を聞いた。廣川が取調室で神崎と対面していたときだ」

「どうしてそのとき言わなかった」

「襲われたのは牛込署の管轄内だ。事件にすれば俺らの捜査の邪魔になる」

「三人組は安本の身内か」

「ああ。ひとりは特定した。そんなことよりも、俺を襲った動機だ。警察官殺しのリスクも恐れないのだから、安本にはそれほどに護りたいものがあることになる」

「東明銀行か」

鹿取はこくりと頷いた。

「もうひとつ、時期的なことがある。被害者が稲葉に娘をくれと談判したのは一月の半ばだ。そのとき、稲葉は激怒し、茶碗を投げつけたそうだ」

「それから事件発生まで二か月近くあるな」山賀が首をひねった。「被害者は不動産売買の件を知っていのか」

「知らなかったと思う。が、さっきの四人の関係は知った」

鹿取は煙草をふかしながら言葉をさがした。

「どういう狙いだったかわからんが、被害者はＪＬの女職員に接近し、根本のパソコンのアドレス帳を盗むよう頼んだ」

「盗んだのか」

「ああ。半月後、それがばれた。女職員は根本らに問い詰められた」

「被害者がやらせたのを知ったわけか」

「三月はじめのことらしい」

ほんとうのことだ。

きのう、安本に会ったあと吉田に電話をかけさせ、ＮＰＯ法人ＪＬの渡辺友香をオフィス近くの喫茶店に呼びだした。

はじめは白を切っていたが、署に同行を求めると重い口をひらいた。

そのときのやりとりは鮮明に憶えている。

――ごめんなさい。じつは、根本さんのアドレス帳を盗んだのがばれて――

――被害者の名前を言ったのか――

――恐くて……根本さんがやくざみたいな人を連れてきたから――

――根本はどんな様子だった――

――根本さんはほとんど喋らずに、とても緊張しているようでした――

――いつのことだ――

――三月になってすぐ――

――そのとき、根本は左手の小指に指サックをしていたか――

――包帯を巻いていました――

写真を見せ、根本の連れは安本だと知れた。

渡辺の話を聞いて、事件の背景のぼやけていた部分が晴れた。

被害者の行動は安本の逆鱗《げきりん》にふれ、殺害された。花岡組の中井は被害者が殺害されたことも東明銀行の寺原を威す材料に使った。

そう推察すれば、時系列もふくめ、すべての辻褄《つじつま》が合う。

山賀が口をひらく。

「被害者は四人の誰かを威したのか」

「わからん。俺が知った事実はそこまでだ。あとはまかせる」

「おまえはどうする」

「疲れた。しばらくふける」

「ばかな」

「俺の的も安本。それなら廣川の手柄だ。俺が知った事実は裏づけに使え」

山賀があんぐりとし、ややあって苦笑した。

「やっぱり、おまえは変わっている。まあ、気持はわからんでもないが」

「どういう意味だ」

「退官まで警部補のまま……三係に塩漬けされるとも聞いた」

「上等よ。おかげで好き勝手にできる」

山賀が目元を弛めた。

「おまえには感謝している。おまえの働きのおかげで、もうひとつ上をめざせる」

「警視か。出世して、俺の前から消えろ」

山賀が声を立てて笑った。

ずっと機嫌がいい山賀を見るのは初めてだった。

両腕を伸ばし、おくびをはなった。

傷は気にならない。きのう、北沢署から帰る途中に谷口医院で診察を受けた。順調に回復しているという。夕食のあとは、松本の誘いをことわり、カラオケボックスで寝た。けさは九時に目覚めた。が、身体がぐずり、二度寝をした。ベッドをぬけだしたのは午後二時だった。頭と身体を洗い、長湯に浸かった。

頭はすっきり、身体はしゃきっとしている。

松本がソファにコーヒーを運んできた。

「ようやくのんびりできそうですね」

「おまえは仕事に励め。これ以上一緒にいれば、おまえの妹に怨《うら》まれる」

「そんな薄情なことを言わないでください」

真顔の松本を無視し、コーヒーを飲んだ。

「安本の身柄は取ったのですか」

松本に訊かれ、鹿取は携帯電話のデジタル数字を見た。午後三時を過ぎている。

「捜査本部に運ばれたかもしれん」

きのう眠る前に山賀から報告があった。

――稲葉が謳った。しばらくは黙り込んでいたのだが、娘の件で突《つつ》いたら急に態度を変えた。娘と被害者のことは事件と無関係だと涙ながらに訴えた。あとは壊れた蛇口になった。続いて、根本がおちた。二人とも犯行の詳細は知らないようだ。が、安本組の関与はにおわせた。支店長は頑として口を割らん。割りたくても割れないのだろう。東明銀行がよこした遣り手の弁護士が三人もついた――

山賀のもの言いから気分の高揚が伝わってきた。

逮捕状は取れそうか。鹿取の問いに山賀は即答した。

――状況証拠は揃《そろ》った。ＪＬの会員と女職員の証言もある。安本組関係者の中でバイクを運転できる連中を特定した。あそこは暴走族あがりが多いらしい。捜査本部が着目しているのは安本の舎弟の内山という男だ。族あがりを束ねている。身体的な特徴は防犯カメラが捉えた人物に似ている――

鹿取は山賀の報告を話して聞かせた。

「めでたい」松本が眦をさげた。「ところで、花岡組はどうなったのですか」

「さあ」

鹿取は煙に巻いた。

マンションカジノでの花岡との差しの話の中身は教えていない。生きていく上で知らないほうがいいことも多々ある。鹿取は骨身にしみている。それに松本は長く俠客《きょうかく》のそばにいた。時折見せる表情や仕種《しぐさ》に郷愁の念がにじむこともある。

松本が視線をおとし、マグカップを持った。

以心伝心。そういう仲になりつつある。

しばしの沈黙のあと、松本が口をひらいた。

「きょうこそは祝杯を挙げましょう」

「六本木に行くか」

ふいにキャバクラSGの彩乃の顔がうかんだ。

彩乃の証言で稲葉にたどり着いた。そこから先は的を絞り込めた。

「どこへでもお伴します」

「途中で消えるかもな」

「どうぞご自由に。できることなら自分もあやかりたいです」

「女は風俗だけにしておけ。つまらん女に引っかかれば、妹が迷惑を被る」

「そんな。一度くらい籍を汚しても……」

携帯電話が鳴りだし、松本が声を切った。官給のほうだ。

「はい、鹿取」

《山賀だ。どこにいる》

「部屋だ。何かあったのか」

《族あがりの四人を任意で引っ張った。実行犯を特定できたら殺人容疑に切り替え、安本の逮捕状も取る。が、こまったこともおきた》

「なんだ」

《肝心要《かなめ》の内山を取り逃がした。家の二階のベランダから飛び降り、逃走した》

「切るぜ」

言うなり、鹿取は通話を切った。城島の携帯電話を鳴らす。

《城島です》

「頼みがある。すぐに来てくれ」

《どちらへ》

「赤坂のカラオケボックス。その前に吉田に連絡し、六時には署に戻るよう伝えろ」

返事も聞かずに携帯電話を畳んだ。

「松本」

「はい」笑顔で答えた。「もうひと働きするのですね」

立ちあがり、松本がカウンターの中に入る。

見るまでもない。鹿取愛用のベレッタを用意するのだ。

失敗はくり返さない。いざとなれば射殺する。


車は住宅街を徐行している。

「つぎの路地角を右へ」

助手席の城島が松本に声をかけた。

鹿取は後部座席からそとを眺めている。

「青い屋根が吉田の家です」

城島が道の左側を指さした。

ブロック塀の上から二階部分が見える。

「帰り道はほかにもあるか」

「あるでしょうが、吉田はいま来た道を使っていると思います。去年、吉田の父親の命日に訪ねたときも、吉田と歩きました」

「松本。梅ヶ丘駅に戻り、おなじ道を走れ」

まもなく午後五時半になる。あかるいうちに風景を覚えておきたい。

「鹿取さん」城島がふりむく。「あらわれるでしょうか」

「可能性はある」

山賀の報告を聞いたとき、安本組事務所でのことがうかんだ。

――そっちのお嬢さん……お名前は――

安本のひと言は鼓膜にへばりついている。

あれは自分への威しだと受け取った。それだけなら気にすることもないのだが、市谷で襲われたことが根っこにある。安本をあまく見れば後悔しかねない。あの場の内山の表情も気になっている。絡みつくようなまなざしだった。

「自分はどうすればいいですか」城島が訊く。

「駅で降ろす。北沢署に行き、吉田が戻ってきたら、気をつけるように言え」

「本人に話したのですか」

鹿取は首をふった。

「安本組の事務所であいつも何かを感じたはずだ。が、あれこれ言えば過剰に反応する。いざというとき身体が動かんようになる」

「そうですね。鹿取さん。あの子を護ってください」

「………」

鹿取は城島を見つめた。

まかせておけ。言うのは容易《たやす》い。が、護れば済むことかとも思う。トラウマを消せるのは本人である。自分にそれを手助けできるか自信がない。

「着きました」松本が言う。

車が停まり、城島がそとに出た。

鹿取はウィンドーを降ろし、城島に声をかけた。

腰をかがめ、城島が顔を寄せる。

「なにか」

「吉田が拳銃を所持しているか、確認しろ」

「はい。あとは予定どおりですね」

「ああ」

駅の構内に入る城島の背を見つめながら、ひとつ息をついた。

車が動きだした。Uターンし、来た道を戻る。大通りを横切り、路地に入った。

ほどなく車が停まる。

「ここですね」

松本が左側を指さした。

路地角の駐車場だ。看板に〈月極専用〉の文字が見える。

鹿取は車を降りた。

駐車スペースは十三。三台が停まっている。周囲を見渡した。塀のある民家ばかりだ。

来た道を百メートルほど直進したところに吉田の家がある。

松本も車から出てきた。

「時間帯にもよるでしょうが、車の陰に隠れていれば人目は避けられます」

「大通りの交差点はどうだ。バイクであらわれるかもしれん。横断歩道の近くの路肩に停めていれば怪しまれないだろう」

「彼女が気づくでしょう。あそこなら逃げ道も身を隠す場所もあります」

鹿取は頷いた。

松本の言うとおりだ。車に戻った。

「おまえは吉田の家の近くで待機しろ」

吉田の家の三軒向こうに更地があった。

「鹿取さんは」

「大通りで見張る」

「それでは……」

松本が言葉を切った。

言いたいことはわかる。事前に襲撃者を発見し、身柄を押さえる。それなら吉田を危険にさらさないで済む。そう考えたのだ。

鹿取には別の思惑がある。

松本はそれを察したか。

携帯電話が鳴った。城島だ。耳にあてる。
《吉田は駅のほうへむかっています》
「拳銃は確認したか」
《はい。まっすぐ帰るようにも言いました》
「吉田は反応したか」

《一瞬、顔が強張《こわば》ったように見えました。が、ただ頷いて署を出ました》

「周囲にそれらしい男はいるか」

《見あたりません》

「引き続き、頼む」

通話を切り、腕の時計を見た。午後八時四十六分。吉田がまっすぐ帰宅するとして、大通りにさしかかるのは五、六分後か。

交差点の近くに宅配業者の車と乗用車が停まっている。バイクは見あたらない。停車中の乗用車に人が乗っていないのを確認し、路地に足をむけた。

できることなら杞憂《きゆう》におわるのを願っている。吉田がかかえるトラウマを失《な》くす機会はこの先も訪れるだろう。が、コンビを組むのはこれが最後かもしれない。なにより、安本と内山の気質が気になる。刑事に夜討ちをかけるような輩《やから》である。

また携帯電話が鳴った。

《駅を通過しました。自宅にむかっています》声が硬い。《周囲に異常はありません》

「俺は吉田の家の百メートルほど手前の駐車場に行く」

ここそこするつもりはない。内山が吉田を狙うのなら、自分の姿を見て物怖じするとは思えない。的を変えるだけのことだ。そのほうがどれほど気分は楽か。

鹿取は駐車場に立った。車が増えている。バイクは停まっていない。人影はなく、車中に人がいる気配もなかった。

《これから大通りを渡ります》城島が早口で言う。《路肩に停まる車の中でケータイを耳にあてている男がいます》

「顔を確認できるか」

《待ってください……あっ。発進しました》

鹿取は通話を切った。右手を懐に入れる。ベレッタのひんやりとした感触と一緒に、高鳴る鼓動が伝わってきた。めずらしい。こんな経験はなかった。

また携帯電話が鳴る。松本だ。

《バイクがあらわれました。ゆっくりそちらへむかっています》

「何人だ」

《ひとりです。フルフェイスヘルメットを被っています》

駅のほうから吉田が近づいてくる。

バイクの音がした。

「吉田」

大声をだし、道の中央に立った。腰をおとし、ベレッタを構える。

バイクが速度をあげる。奇声が聞こえた。

鹿取は引き金を絞った。金属音が響く。バイクが傾き、路上を滑る。

銃声が轟いた。路上に倒れたまま男が発砲したのだ。

銃弾が身体をかすめた。鹿取も撃った。

男が駐車場に駆け込む。車の陰に隠れた。

「鹿取さん」

声を発し、吉田が駆け寄ってくる。

「伏せろ」

鹿取は民家の塀に身を寄せた。うしろに吉田がくっついた。

「自分をガードしてくれていたのですか」

「喋るな。拳銃は」

訊くまでもなかった。吉田の右手にはリボルバーがある。

鹿取は視線を戻した。

「内山か。拳銃を捨て、出てこい」

返答はない。

背後から足音がした。城島が路上に片膝をつく。

「逃げ道は」

「左の路地だな」

吉田の家に行く道は松本が車でふさいでいる。

「自分は迂回《うかい》し、逃げ道をふさぎます」

城島が立ちあがり、うしろに走った。

静寂の中、一分が過ぎたか。

「援護してください」

言うなり、吉田が飛びだした。

「やめろ」

声と同時に銃声がした。

吉田が地面に転がる。

鹿取は駆け寄った。

「大丈夫か」

「平気です」

吉田の顔がゆがんだ。左の太股に血がにじんでいる。

二発の銃声。城島と男が交戦したようだ。

「出てこい、内山。俺が相手だ」

吉田にも声をかける。

「やつが姿を見せたら、撃て。ためらうな。心臓を狙え」

吉田がこくりと頷いた。

それを見て、鹿取は立ちあがった。

車の陰から人があらわれた。内山だ。ヘルメットをはずしている。
七、八メートルの距離か。吉田の射撃の腕は知らない。平常心でないのは確かだ。
「吉田。俺のうしろから這《は》って近づけ」

小声で言い、駐車場にむかった。

内山の顔がはっきり見える。

鹿取はベレッタを構えた。

「拳銃を捨てろ」

「ほざくな」

銃声が響いた。

鹿取は顔をゆがめた。左の二の腕に衝撃が走った。

「鹿取さん」

吉田の叫び声は銃声に消える。こんどはあたらなかった。

「俺を殺したいのか」

吉田に言い、一歩踏みだした。

内山の顔がひきつった。

撃たれる。覚悟した。

銃声がした。

内山の身体がゆれた。銃口がさがる。うめきながら、膝から崩れおちた。

城島が内山に駆け寄った。拳銃を踏みつけ、手錠を手にする。


白いカーテンがゆれている。風が肌に心地よい。

「お目覚めですか」

声がして、首をひねった。

ベッドのかたわらに松本がいる。目尻が垂れていた。

「勲章が増えましたね」

「命が縮んだ」

鹿取は身体をおこした。

松本が白布を鹿取の左腕にあてる。三角巾を吊るした。

「自分も撃つところでした」

「ばか」

立ちあがり、スリッパを履いた。

松本が赤いガウンを手にした。

鹿取は視線をおとした。パジャマは白地に赤いストライプが入っている。

「誰の趣味だ」

「妹です。ついさっきまで寝ずの看病をしていました」

「大袈裟《おおげさ》な。危篤じゃあるまいし」

「蚤《のみ》の心臓なもので」

「吉田は」

「おなじフロアです。鹿取さんに会いたがっています」

「まったく。世話の焼ける女だ」

悪態をつき、病室を出た。

吉田はイチゴ柄のパジャマを着ていた。

「あれも妹の差し入れです」松本が耳元でささやく。

「吉田の母親は」

「気が動転して倒れ、点滴を打ったそうです」

鹿取は肩をすぼめ、吉田に近づいた。

ベッドの脇に城島が立っている。笑顔だ。

「鹿取さん」吉田が言う。「自分を囮《おとり》にしたのですか」

「悪いか」

「もう」吉田が口をとがらせる。「ありがとうございます」

鹿取は城島に話しかけた。

「内山はどうなった」

「胃に穴が空きました」

「俺の心臓が縮むよりましだな」

「すみません」吉田が口をはさむ。「退院したら、射撃の練習に励みます」

「勝手にしろ。もうおまえと組むことはない」

吉田が目を細めた。

城島は顔をほころばせた。

「何がおかしい」

「それが……吉田の異動が内示されました」

「はあ」

「強行犯三係です」吉田が声を張った。「よろしくお願いします」

「知るか。内示は俺が取り消してやる」

鹿取は踵《きびす》を返した。

くすくすと笑う声は背で聞いた。

パジャマにガウンを羽織ったまま病院を出た。

空は一面の青だ。雲雀《ひばり》が舞い上がりそうなほどの陽気だった。

「昼飯ですね」松本が言う。「近くに美味《うま》そうな蕎麦《そば》屋を見つけました」

「赤坂の別荘に帰る」

「許可もなく……いいのですか。腕の肉が削がれていましたよ」

「ステーキを食えば治る」

「そうですね。鹿取さんは不死身です」

「ステーキを食ったら昼寝する。夜は散歩だ」

「はいはい」

松本が車のキーをふりまわした。

鹿取は煙草をくわえた。ガウンのポケットに煙草とライターが入れてあった。

ハルキ文庫

は 3-28

桜狼《おうろう》 鹿取警部補《かとりけいぶほ》

著者 浜田《はまだ》文人《ふみひと》

2018年4月18日第一刷発行

発行者 角川春樹

発行所 株式会社角川春樹事務所
〒102-0074 東京都千代田区九段南2-1-30 イタリア文化会館

電話 03(3263)5247(編集)
03(3263)5881(営業)

印刷・製本 中央精版印刷株式会社

フォーマット・デザイン 芦澤泰偉
表紙イラストレーション 門坂 流



ISBN978-4-7584-4157-5 C0193 ©2018 Fumihito Hamada Printed in Japan
http://www.kadokawaharuki.co.jp/[営業]
fanmail@kadokawaharuki.co.jp[編集] ご意見・ご感想をお寄せください。